光文社文庫

石《せき》礫《れき》　機捜235

今野　敏

光　文　社

目次

石礫《せきれき》　機捜235

1

第二当番の二人から引き継ぎを受け、高丸卓也《たかまるたくや》は、ペアを組んでいる縞長省一《しまながしょういち》とともに、駐車場に向かった。

昨夜は大きな事件もなく、平穏だったようだ。つまり、暇だったということだ。たまにはそういう夜があってもいい。

一階で、渋谷《しぶや》署刑事課の熊井《くまい》猛《たけし》に会った。ずんぐりとした体をした巡査部長だ。かなりくたびれた背広を着ている。

別に古いわけではない。何日も着続けているので、しわがより型が崩れているのだ。ずぼらなわけではないと思う。所轄の刑事は皆似たりよったりだ。

彼らは多忙なので、着るものに気を配っている余裕がないのだろう。実は、警察というところは、けっこう服装にうるさい。

制服の着用について、上長から叱られることはしょっちゅうだ。学校の風紀係かよと思うこともあるが、これは、制服を着る職業ではどこでも同じらしい。

消防署、自衛隊、海上保安庁……。いずれも制服については厳しいようだ。

だが、私服になったとたんに、かなりいい加減になる。それはなぜだろう。

そんなことを思っている高丸や縞長も私服だ。縞長は背広を着ていることが多いが、高丸は機能本位で、シャツの上にポケットの多いベストを着ている。

高丸たち機動捜査隊員は持ち歩く物が多いので、ポケットが多い服が便利なのだ。もっとも、縞長に言わせると、背広が一番実用的なのだという。

ポケットは多いし、暑さ寒さいずれにも対応できるという。たしかに、暑いときは前のボタンを外せばかなり風通しがいい。逆に、寒いときの保温性もある。

そして、どこに行っても失礼に当たらない。だから、スーツが一番便利な服装なのだと、縞長は言う。

たしかにそうかもしれないが、縞長のまねをするのも癪《しゃく》なので、高丸はベストを愛用している。

熊井が高丸に言った。

「おう、今から出るのか?」

「ええ」

「ふん。おまえらはいいよな。時間どおりに働けばいいんだ」

「交代制の勤務だってけっこうきついんですよ。熊井さんだって地域課なんかで経験しているでしょう」

「そんな昔のことは忘れちまった」

「泊まりだったんですか？」

「捜査が朝方までかかっちまった。最近は、働き方改革とやらで、署に泊まったりするとうるさい。本当は泊まったほうが楽なんだがな。通勤する時間、署で眠っていられる」

たしかに日勤の刑事は、前日遅かろうが、休日出勤しようが、朝登庁しなければならない。

熊井はいつものように不機嫌そうな表情のまま、高丸たちから離れて、刑事課に向かった。

高丸たち機動捜査隊は、警視庁本部の所属だ。こうして渋谷署にいるのは、ここに分駐所があるからだ。

渋谷分駐所には、四台の機捜車があり、それを束ねているのは、班長の徳田《とくだ》一誠《いっせい》警部だ。徳田班長の機捜車のコールサインは、機捜２３１だ。

三桁の数字のうち、頭の２は、第二機動捜査隊を、次の３は、第三方面を表している。最後の１が個別の車両番号だ。

高丸たちの車のコールサインは機捜２３５だ。

「所轄の刑事もたいへんだねえ」

縞長が言った。高丸はそれにこたえた。

「他人事《ひとごと》みたいに言うけど、シマさんだって所轄で刑事やってたんでしょう？」

「ああ。ダメな刑事だったけどね」

機動捜査隊の経験は高丸のほうが長い。だから、いちおう高丸がペア長という恰好《かっこう》になっているが、年齢は縞長のほうがはるかに上だ。高丸は三十代だが、縞長はもう五十代後半なのだ。

知らない人が二人を見ると、当然縞長が上司だと思うだろう。

スカイラインの機捜車にやってくると、いつものようにトランクの装備品をチェックした。

後輩が一つ一つ声を出して呼称するのだが、ペア長が高丸なので、年上の縞長がやることになる。なんだか、高齢者をこき使っているようで、高丸はいつも気まずい思いをする。

「防弾楯《たて》、防弾チョッキ、防弾ヘルメット、ストップスティック……」

縞長の声が続く。高丸は、周囲を気にしつつ、それを聞いている。

ようやく装備品のチェックが終わり、機捜車に乗り込む。通常は、下《した》っ端《ぱ》が運転席だが、さすがに縞長にやらせる気にはなれない。ハンドルは高丸が握る。

縞長は助手席だ。実はパトカーの助手席は、無線機、サイレンアンプ、サイレンペダル、照会用端末などがあって、居心地はあまりよくない。

「左右よし、後方よし」

縞長の誘導で、発進する。

高丸たちは第三方面担当なので、渋谷区、目黒区、世田谷区を巡回する。渋谷署を出ると、高丸は明治《めいじ》通りを恵比寿《えびす》方面に向けて進んだ。

「あれは、自《じ》ら隊《たい》かね……」

反対車線に、パトカーが近づいてくるのが見える。縞長が言うとおり、自動車警ら隊のパトカーのようだ。

高丸は言った。

「こっちは覆面なんで、気づかないかもしれない」

縞長がこたえた。

「いやあ、それじゃ自ら隊はつとまらんよ。もう、気づいているはずだよ」

運転席を見た。相手は正面を見ている。

「気づいているのかな」

高丸は言った。「運転手はこっちを無視してるよ」

「いいから見ててごらんよ」

すれ違う瞬間だった。

運転席の若い係員がちらりと視線をよこし、笑みを浮かべた。助手席の年上の係員が右手の指先を額に当てる。敬礼を見せたのだ。

縞長が敬礼を返して言った。

「ほらね。連中は、ちゃんとこっちの正体に気づいているよ」

高丸が言った。

「自ら隊は油断も隙もないなあ。あのさ、ああいうのいちいち返礼しなくていいと思うよ」

「警察官同士、礼儀は大切だよ」

高丸は肩をすくめた。

「シマさん、今日も期待してるからね」

「期待……？」

「指名手配犯だよ。シマさんと組んでから、ずいぶんと実績を上げさせてもらってるからね」

「ああ……。もちろん、気をつけてるよ」

縞長は、かつて「見当《みあ》たり」捜査班にいたことがある。指名手配犯の人相を頭に叩《たた》き込み、駅などの人混みに立つ。通行人の中から指名手配犯を発見するスペシャリストだ。

「だがね……」

縞長は続けて言った。「指名手配犯が、そうそう町をうろついているわけじゃないからな。私らが出会う確率なんて、知れてる」

「それでも、シマさんの眼力は頼りになる」

縞長が言ったとおり、その日は指名手配犯に出会うことはなかった。だが、暇だったわけではない。

高丸たちは普段、二系統の無線を聞いている。イヤホンで聞く受令機の方面系と車載無線機の捜査専務系の二つだ。

方面系で窃盗の通報があったという知らせが流れた。機捜はどんな事件でも駆けつける。

現場は世田谷区下馬《しもうま》の住宅街だった。カーナビに一一〇番通報の内容が表示される。

縞長が、車載無線で告げる。

「機捜235から二機捜。窃盗現場に向かいます」

「機捜235。二機捜了解。なお、現着《げんちゃく》したら、すみやかに現場保存、鑑識を行うように」

「二機捜。機捜235、了解」

縞長が無線マイクをフックに戻すと、高丸は言った。

「窃盗なんて拾わなくていいのに……。俺たちは強行犯を担当していればいいんだ」

「窃盗が強盗になる例だってあるだろう。行ってみようじゃないか」

「鑑識やれって？　所轄の仕事だろう」

「しょうがない。手が足りないんだろう」

「所轄の地域課の後に着くように、時間を稼ごうか」

「そういうこと、言わない。赤色灯《せきしょくとう》出すよ」

縞長はサイドウインドウを開けて、マグネット装着式の赤色灯をルーフに取り付けた。

本当は、停車して装着しなければならないのだが、その規則にちゃんと従っている者はあまりいない。

縞長も機捜に着任した当時はこだわっていたが、今ではこうして、平気で走行中に赤色灯を出す。

縞長が言った。

「サイレンを鳴らすよ」

「いいね。派手にいこう」

空き巣の現場で、侵入場所と思われる勝手口周辺の足跡を採ったり、割れたガラス窓を写真に収めたりといった鑑識をしているところに、所轄の盗犯係がやってきた。

捜査を引き継いで、現場を離れる。機捜がそのまま捜査に参加することはない。あくまでも初動捜査に関わるだけだ。

口の悪い捜査員は「つまみ食い」だと言うが、それが機捜の仕事なのだから仕方がない。

捜査員に引き継ぎをした後は、車に戻り、町を流しながら、次の事件の無線を待つ。

そして、適当な時間に分駐所に引きあげ、日報を書いて、当番の引き継ぎをする。第二当番は、機捜236の連中だ。

そして、高丸たちの一日が終わる。明日は第二当番、つまり夜勤だ。夜勤が明けると、明け番で帰宅。その翌日は公休。

それが四交代だ。

当番の引き継ぎが終わると、高丸は、機捜236の梅原健太《うめはらけんた》に言った。

「居眠りはするなよ」

「居眠りなんてしない。ちゃんと後部座席で横になって寝るよ」

勤務中にぐっすり眠ると言っているのだ。梅原の相棒の井川栄太郎《いがわえいたろう》は驚いた顔になったが、もちろん冗談だ。

高丸はかつて、梅原とペアを組んでいた。梅原が勤務中に大怪我《おおけが》をしてしばらく職場を離れた。

そのときに、縞長が配属され、臨時で高丸と組むことになった。だが、梅原が復帰しても、縞長とのペアは解かれなかった。つまり、臨時がそうでなくなったのだ。

梅原は、高丸の代わりに徳田班で一番若い井川と組むことになった。

高丸は縞長とともに、分駐所を出た。するとまた、渋谷署刑事課の熊井に出くわした。彼は、朝とまったく同じ仏頂面《ぶっちょうづら》だ。

「よく会いますね」

高丸が言うと、熊井は渋い表情のまま こたえた。

「同じPSにいるんだから、別に不思議はねえだろう」

PSはポリスステーションの略で、警察署のことだ。

「今夜も遅いんですか？」

「おめえらの知ったことか」

高丸には乱暴な口をきくが、熊井は縞長のほうを見ようとはしない。やはり、大先輩の縞長には強くは出られないようだ。

なにせ、縞長くらいの年齢になると、課長や署長といった幹部も珍しくはない。

熊井が高丸に尋ねた。

「上がりか？」

「ええ。今日は第一当番ですから」

「ふん。いいご身分だよなあ。明日《あす》は午後出勤か」

そう言うと熊井は歩き去った。

縞長が言った。

「かなり機嫌が悪そうだね」

「熊井さんはいつもあんな感じだけどね」

「捜査が行き詰まってるのかね……」

「自分らには関係ない。夕飯、どうする？」

「あ、私は帰って食べるよ」

高丸は、縞長の私生活をまったく知らない。長時間二人で車内にいるのだから、いろいろな話をするが、縞長の家庭のことなど聞いたことがないのだ。

まあ、高丸も自分の私生活については話した記憶がない。あまり興味がないのだ。

長年連れ添った奥さんがいて、子供はそろそろ独立して……。そういう当たり前の人生を送っているのだろうと、根拠もなく思っている。

「じゃあ、自分も引きあげるか……」

高丸は目黒区のマンションに向かった。


翌日は、第二当番なので、熊井が言ったとおり、午後一時の出勤だ。明け番の梅原と井川がまだ残っていた。残務処理で分駐所にいることは珍しいことではない。

だが、高丸は梅原の態度が気になった。

顔色がひどく悪く落ち着きがない。こんな梅原は珍しい。彼はいつも、むかつくくらいに自信満々なのだ。

井川も不安そうな表情だ。

高丸は、さりげなく梅原に近づき、他の者に聞かれないように声を落として尋ねた。

「何かあったのか？」

梅原は、はっと高丸のほうを見た。明らかに過剰反応だ。その眼《め》が充血している。

高丸はさらに言った。

「どうしたんだ？」

梅原は、周囲を見回してから言った。

「拳銃をなくした」

高丸は、思わず声を上げそうになった。

梅原が眼をそらす。高丸は、先ほどよりも声を落として言った。

「どういうことだ？」

「そのまんまだよ。拳銃を入れていたウエストポーチを、コンビニのトイレに忘れたんだ。車に乗り出発してからすぐに気づいて戻ったんだが、そのときにはもうポーチがなかった」

高丸は眉をひそめて話を聞いていた。

縞長が梅原と高丸のただならぬ様子に気づいたようだが、何も言わなかった。縞長はそういう男だ。

高丸は梅原に尋ねた。

「どこのコンビニだ？」

「世田谷区上馬《かみうま》一丁目だ」

そのコンビニは、高丸もよく知っていた。

「徳田班長には、その話はしたのか？」

「いや。まだ話してない」

徳田班長は、機捜２３１に乗ることがある。２３１は班のフラッグシップだ。機捜２３１も四交代のローテーションに入っているが、徳田班長は日勤だから、乗務から抜けてもいいように、機捜２３１だけは乗員が三人いる。

徳田班長は今、席を外していた。外回りに出ているのかもしれない。

「シマさん」

高丸が声をかけると、縞長はすぐに二人のところにやってきた。梅原は、抗議するように高丸を見た。話を広めたくないのだろう。

高丸はかまわず、縞長に言った。

「まずいことになってる」

「何事《なにごと》だい」

高丸が説明すると、縞長は即座に言った。

「それは、すぐに報告しないとまずいね」

高丸は言った。

「自分もそう思います」

するとと、梅原が小さな声で言った。

「そうなると、監察にかけられて、懲戒《ちようかい》だよなあ……」

高丸は言った。

「そんなこと、言ってる場合かよ」

「高丸の言うとおりだ」

縞長が言った。「誰かがポーチを持っていったということだろう。もし、拳銃が犯罪に使われでもしたら一大事だ」

梅原が重々しく溜《た》め息をついてから携帯電話を取り出した。

「班長に連絡する」

「そうだな」

高丸は言った。「俺たちも、ポーチを捜してみる」

梅原はうなずいてから、電話をかけた。

縞長が言った。

「そろそろ、出かける時間だな」

高丸は時計を見てこたえた。

「そうだね」

梅原のことが気になるが、あとは徳田班長に任せるしかない。

高丸は縞長とともに、駐車場の機捜２３５に向かった。

ハンドルを握り、町を流しながら、高丸は縞長に言った。

「もし、その拳銃で事件が起きたら、免職もあるだろうな」

「梅原はどうなるだろう……」

「クビか……」

「警察ってのは、そういう組織だ」

「何事もなく、戻ってくればいいんだけど……」

「それを祈るしかないねえ……」

「ポーチをなくしたというコンビニに行ってみようと思うんだけど……」

「そうだね。無駄だと思うことをやってみるのも捜査だ」

高丸は、車を世田谷区上馬一丁目に向けた。

そのあたりは、車の往来もそれほど多くなく、人通りも少ない。交差点付近にあるコンビニの前の駐車場に機捜車を停《と》めた。

高丸と縞長はカウンターに行き、店員に警察手帳を見せて言った。

「忘れ物をしたという届け出があったんだけど」

若い店員が、きょとんとした顔でこたえる。

「忘れ物……？　どんなものですか」

「ウエストポーチなんだけど……。トイレに忘れたらしいんだ」

「ああ……。なんか、昨夜そんなことを言ってきたお客さんがいたって、前のシフトの人から申し送りがあったけど……」

「ポーチを預かっていたりしない？」

「なくしたっていうお客さんにも言ったらしいですけどね、うちにはないんです。誰か持っていったんじゃないですかね……」

「防犯カメラの映像とか、見せてもらえる？」

「いやあ……。そういうの、店長に言ってもらわないと……。俺、バイトなんで……」

「店長は？」

「今いないっす」

「連絡を取ってもらえるかな」

バイト店員は、携帯電話で誰かと話してから高丸に言った。

「十分くらいで来るって言ってます」

「すみません。待たせてもらいます」

2

店長は、言葉どおり十分ほどでやってきた。五十代前半くらいの太った男性だった。

高丸たちは、バックヤードに案内された。棚に荷物が並んでおり、その一角にスチール製のデスクがあった。

「忘れ物の件で、防犯カメラの映像を見せろということですが……」

高丸はこたえた。

「ええ、お願いします」

「個人情報だし、簡単に警察に見せるわけにはいかないんですよ。事件ってわけじゃないんでしょう?」

まさか、拳銃がなくなったとは言えない。

「忘れ物を持ち主でない人が持ち去ったとなると、これはれっきとした犯罪ですので……」

「わかりました。ここでご覧になるなら……」

「はい。お願いします」

店長はデスクの上にあるパソコンを操作した。防犯カメラの映像がモニターに映し出されると、彼は場所をあけて「どうぞ」と言った。

高丸と縞長は映像を見つめた。高丸はマウスを使って映像を早送りにした。

梅原が映っていた。トイレに入り、やがて彼が出てくる。

しばらくすると、彼は慌てた様子で戻ってきた。ウエストポーチを忘れたことに気づいて戻ってきたのだ。

彼が出てから戻ってくるまでに、トイレを利用したのは、三人だった。彼らがウエストポーチを手にしているところは映っていない。だが、三人のうちの誰かが持ち去ったことは間違いない。

高丸は、それぞれの人物が映っているところで、ストップモーションにした。画像がかなり粗い。

映像を持ち帰れないので、この場で人着《にんちやく》、つまり人相・着衣を頭に叩き込まなければならない。

縞長が言った。

「もういいよ」

「え……？」

「人着は頭に入った」

「本当に？」

「ああ。だいじょうぶだ。あまり長居して店に迷惑をかけてもいけない」

高丸は、店長に礼を言ってコンビニを出ることにした。

車に戻ると、高丸は言った。

「あの三人に出会う確率はどれくらいかな……」

すると、縞長が言う。

「こういうのは確率の問題じゃないんだ」

「じゃあ、何なんだ？」

「縁だよ」


今夜は縁に恵まれないらしい。担当の地域を車で回ったが、防犯カメラの三人に出会うことはなかった。

午後八時を過ぎた頃、いったん分駐所に戻ることにした。

梅原と井川がまだ残っていた。拳銃の行方《ゆくえ》が判明するまで、帰宅する気にはなれないだろう。

班長席には徳田がいた。いつもと変わらない様子に見える。だが、梅原のことで困っているはずだ。彼は、動揺を表に出さないのだ。

高丸は縞長とともに、その徳田班長のところに行った。

「自分とシマさんは、休憩に入ります」

徳田班長はただうなずいただけだった。

高丸は、梅原に近づき、小声で尋ねた。

「どうなったんだ？」

「しばらく外に出るなと言われた」

「謹慎か？」

「そういうことだろうな」

「拳銃についての知らせはまだないのか？」

「ない」

「コンビニで防犯カメラの映像を見せてもらった」

「ああ……」

梅原は力のない声で言った。「俺、警察官だって名乗れなかったんで、昨夜はそういうの一切やってないからな……」

「シマさんが、人着を覚えたって」

梅原が縞長を見た。縞長がうなずいた。

高丸はさらに尋ねた。

「徳田班長は、もう上に報告したんだろうか……」

「わからないんだ。何も教えてくれない」

「そうか……」

徳田班長のことだから、梅原から話を聞いてすぐに報告したに違いないと、高丸は思った。そういうことの判断を誤るような人ではない。

そのとき、戸口に制服姿の二人連れがやってきた。

そのうちの一人が言った。巡査部長の階級章をつけた年上のほうだ。

「あ、あんた、渋谷ですれ違ったな」

すれ違った……。誰だろう。高丸がぽかんとしていると、縞長が言った。

「ああ、自ら隊だね？」

「あ、そうか」

高丸は言った。たしかに彼はパトカーの助手席にいた人物だ。

彼は名乗った。

「そう。自ら隊の吾妻《あづま》だ。こちらは、森田《もりた》」

森田と紹介された若い男が、ぺこりと頭を下げた。

縞長が尋ねる。

「それで、自ら隊が何の用だね？」

吾妻巡査部長が言った。

「えーと……。ひょっとして、おたくら、たいへんなことになってない？」

高丸と梅原は顔を見合わせた。

誰もこたえないので、吾妻が続けて言った。

「これ、入手したんだけど……」

彼は背後に隠し持っていたものを掲げた。

「あ……」

梅原が大きな声を上げた。「それ、俺の……」

吾妻が手にしているのはウエストポーチだった。

「あ、やっぱり機捜さんの……。いや、中に拳銃とか入ってるもんで……」

班長席から声がした。

「何事だ？」

吾妻と森田が班長席へ進み、官姓名《かんせいめい》を告げた。そして、梅原のウエストポーチを徳田班長に手渡した。

高丸、縞長、梅原、井川の四人は、話を聞くために班長席に近づいた。

徳田班長が、吾妻に尋ねた。

「これを入手した経緯は？」

「挙動不審の男がおりまして、職質《しょくしつ》をかけました。その人物のバックパックを調べたところ、そのウエストポーチが入っていました。バックパックの中にさらにウエストポーチを入れているなんて、妙だと思い、調べたところ、拳銃が見つかったので……」

「それはいつの話だ？」

「十分ほど前ですね」

「場所は？」

「三宿《みしゅく》交差点の近くです」

「それで、すぐにここに持ってきたというわけか」

「おかげで、占有離脱物横領罪、あるいは窃盗罪の実績を一つふいにしました」

置き引き犯を放免にしたということだろう。もし逮捕したら、ウエストポーチを証拠品としなければならない。

徳田班長が眉をひそめた。

「聞き捨てならないな。それは、罪を隠蔽《いんぺい》したということか？」

「忘れ物を持ち主に返しに来たんです。それが一番だと思いまして……」

「それは正規の手続きとは言えない。取り締まるべき犯罪者を野放しにしたということだ」

「本人は、警察に届けるつもりだと言ってましたので……」

徳田班長は、しばらく吾妻を見つめていた。吾妻は平然と見返している。

こいつ、いい度胸だなと、高丸は思った。

やがて、徳田班長が言った。

「梅原。中を確認しろ」

「はい」

梅原がウエストポーチを受け取った。

吾妻が言った。

「では、自分らは任務に戻ります」

徳田班長が無言でうなずいた。

梅原が吾妻に言った。

「あの……。何と礼を言ったらいいか……」

吾妻がにっと笑って言った。

「忘れ物には注意、だな」

制服姿の二人が部屋を出ていこうとした。そのとき、徳田班長が言った。

「規則を守らないのは気に入らない」

吾妻と森田が出入り口で立ち止まり、振り向いた。

徳田班長の言葉が続いた。

「だが、俺からも礼を言っておく」

吾妻は笑みを浮かべ、一礼してから部屋を出ていった。森田もぺこりと頭を下げて、それを追った。

梅原と井川は、しばらく自宅で謹慎ということになった。別に井川は何もしていないのだが、こういう場合は連帯責任だ。

どうやら、徳田班長はまだ上に報告していなかったようだ。どうしたらいいか、考えていたのだろう。

吾妻たちが拳銃入りのウエストポーチを持ってこなければ、明日の朝一番で報告していたに違いない。

そうなれば、梅原は監察にかけられ、懲戒が決まる。最悪、免職だったろう。謹慎は徳田班長が決めたことだ。

高丸と縞長は機捜車で深夜の町を流していた。高丸は言った。

「謹慎で済んでほっとしたよ」

助手席の縞長がこたえる。

「ああ、そうだね」

「梅原はしばらく、自ら隊の吾妻には頭が上がらないな」

「徳田班長が言ったとおり、吾妻は事件を握りつぶしたことになるんだがね……」

「じゃあ、シマさんは、梅原が懲戒になるべきだったと……？」

縞長はかぶりを振った。

「そうじゃない。けど、これが世間に知れたら警察全体が批判されることになる」

高丸は考え込んだ。

たしかにそのとおりだ。本来ならば、ウエストポーチが出てこようがこまいが、上に報告しなければならないのだろう。

「でも、上に報告して梅原が懲戒免職にでもなったら、誰も喜ばない」

「そうだねえ。だから、私は徳田班長の考えに賛成なんだよ。警察官は身内の失敗や犯罪に甘いと言われるが、それは当たり前のことだと思う。身内を庇《かば》わない組織はない」

「拳銃の置き忘れって、けっこう『機捜あるある』なんだよ」

「そうらしいな。普通の刑事と違って、機捜は必ず拳銃を携行するし、地域課みたいに吊《つ》り紐《ひも》をつけているわけじゃない」

地域課は、帯革《たいかく》と呼ばれるごついベルトに無線や手錠などとともに、拳銃の吊り紐を装着している。

昔は白い紐を肩章《けんしょう》に通していたらしいが、今はコイル状のカールコードを帯革に取り付ける。

だが、私服警察官はほとんど吊り紐などを使用していない。ベルトに着けたホルダーに入れることもあるが、機捜の多くは梅原のようにウエストポーチなどを利用している。とにかく拳銃は重くて邪魔なのだ。

「謹慎で済んでよかったんだけど……」

高丸は言った。「梅原・井川ペアが抜けたんで、四交代から三交代になるわけだ。こいつはきついな」

「しょうがないよ。誰かがあけた穴はみんなで補わなきゃ」

縞長が言う。

第一当番（日勤）、第二当番（夜勤）、非番（明け番）、公休。これを繰り返すのが四交代だが、三交代になると公休がなくなる。つまり、休みは明け番だけになる。

「ほとんどの県警が三交代でやってるんだ。文句は言えないよ」

「そりゃそうだけど、四交代に慣れている俺たちとしては、急に三交代になるときついな……」

警視庁が四交代を採用しているのには、それなりの理由がある。東京は事案が多発して、とにかく忙しいのだ。

夜勤では仮眠を取る暇もない。

縞長が言った。

「梅原の謹慎が解けるまでだよ。せいぜいローテーション二回くらいのことだろう」

「その間に、大事件が起きないことを祈るよ」

午前一時過ぎ、方面系の無線で、コンビニ強盗の発生が告げられた。場所は、渋谷区神《じん》南《なん》一丁目だ。

縞長が、車載無線機のマイクを取った。

「二機捜。こちら機捜235。どうぞ」

「機捜235。こちら二機捜」

「神南一丁目のコンビニ強盗の現場、向かいます」

「了解」

カーナビを見ると、他の機捜車も何台か向かっているのがわかった。

マイクをフックに戻した縞長が、高丸に言う。

「赤色灯、出すよ」

事件があったコンビニは、通称ファイアー通りに面している。渋谷の街中だが、センター街などに比べれば、人通りの少ない地域だ。特に、深夜はあまり通行人がいない。

高丸たちが現着したとき、警察官は、自転車に乗った所轄の地域課係員が二人いただけだった。

縞長が言った。

「捜査員では一番乗りだね」

高丸がこたえた。

「それだけ、やることが多いってことだ」

高丸はまず、地域課の二人に挨拶《あいさつ》をした。巡査部長と巡査のペアだ。

巡査部長が言った。

「バイト店員は外国人で、犯人も外国人だと言っている」

最近、都内のコンビニでは、外国人の従業員は珍しくない。むしろ、日本人のほうが少数派なのではないかと思ってしまう。

縞長が尋ねた。

「怪我人は？」

「いません」

三十代半ばの巡査部長は、高丸にはタメ口だったが、縞長を見て敬語になった。「店員は抵抗しなかったので……」

縞長はうなずいた。

「それは何よりだった」

「被害額は、レジに入っていた五万円ほどだそうです」

高丸は言った。

「後で、レジの記録を見て、正確な金額を出しておいて」

巡査部長がむっとした調子で言った。

「それ、俺たちの仕事じゃないだろう。捜査員の仕事だ。機捜がやればいい」

高丸が何か言う前に、縞長が言った。

「すまんね。手が足りないんで、助けてくれないか」

するとまた、巡査部長は敬語で言った。

「わかりました。そういうことでしたら、お手伝いします」

高丸は縞長とともに、レジカウンターにやってきた。

「あいつ、むかつくなあ……」

高丸の言葉に、縞長が驚いた顔をした。

「あいつ？　誰のことだ？」

「あの巡査部長。シマさんを俺の上司だと思ってるんだな」

「よくあることじゃないか」

「きっと、刑事志望なんですよ。だから、シマさんにいいところを見せようとしてるんです。見え見えですよ」

「はっきりとした志望があるのはいいことじゃないか」

店員への質問を始めた。肌の色が浅黒く、目がぎょろりと大きい若い男性だ。不自由なく日本語を話せる。

質問をしているときに、別の機捜隊員が到着した。同じ二機捜の連中だ。彼らに現場保存を頼んだ。

従業員への質問を終わり、周囲の目撃情報を当たろうと思っているところに、所轄である渋谷署の刑事たちがやってきた。

熊井の姿もある。いつものように仏頂面だ。

その熊井が、高丸と縞長に近づいてきて言った。

「どんな様子だ?」

「単独犯です。犯人は外国人だったと、被害にあった従業員が言っています」

「外国人か……」

「従業員も外国人です」

熊井がしかめ面になる。

「人の国に来て強盗かよ……」

「被害額は今、地域課の係員が割り出してくれてます」

「目撃情報は?」

「まだありません」

「そうか……」

「じゃあ、自分らはこれで……」

熊井は舌打ちする。

「ホント、おまえら、いいご身分だよな。初動だけであとは知らんぷりだ」

「それが仕事ですから」

熊井は寝不足が続いているようだ。機嫌の悪い刑事に付き合っている暇はない。

「行こう」

高丸は縞長にそう言うと、機捜235に向かった。

3

機捜車まで戻ると、すぐ後ろにパトカーが停まっているのが見えた。

縞長が言った。

「自ら隊だね」

彼が言うとおり、ルーフのV字形赤色灯の下に、白いボックスが見えている。昇降装置が入った箱だ。

自ら隊のパトカーは、交通整理や不審物の捜査を行う際に、目立つように赤色灯を高く掲げるのだ。

その赤色灯の下の白い箱が、自ら隊のパトカーを見分けるポイントだ。

助手席から降りてきたのは、吾妻だった。

「よう。どうなの店内の様子は？」

「怪我人はいないようです」

高丸はこたえた。「単独犯ですね。渋谷署の強行犯係に引き継ぎました」

「じゃあ、お役御免か？」

「そういうことです。それにしても、今日はよく会いますね」

「無線を聞いて駆けつけたからな。たまたま当番の日が重なったんだ」

「そうか。俺たちは四交代だけど、自ら隊は三交代だそうですね」

「日勤、当番、非番の三交代だよ。中隊ごとのシフトだ」

「今、俺たちもそのシフトです。一組謹慎食らってますんで……」

「梅原と言ったか……。そうか、謹慎か。まあ、謹慎で済んでよかった」

「吾妻さんたちのおかげです」

「シフトが同じということは、またどこかで会うかもしれないな。無線を聞いて、同じ現場に駆けつけるんじゃないのか」

「そうかもしれません」

「さっき、無線が聞こえて驚いた。おたくらのコールサイン235なんだな？」

「え？　捜査専務系の無線を聞いているんですか？」

「そうじゃない。停まっている機捜車から無線が聞こえてきたんだ」

「たしかに自分ら、機捜235ですが、それが何か……」

吾妻がにっと笑った。

「俺たちも235なんだ。警視235だよ」

「え、本当ですか？」

自ら隊もコールサインは三桁だ。

「そうなんだよ。俺も驚いた。それで、親近感を抱いたってわけだ」

「三桁のうち、最初の数字が所属隊を表すんでしたね？」

「そう。俺たちは第二自ら隊なので、頭が2だ。あとの二桁は車両の通しナンバーだ」

それまでじっと二人のやり取りを聞いていた縞長が言った。

「これが縁というやつだよ」

吾妻が縞長に言った。

「ペア長ですか？」

「いや、ペア長はこっちの高丸だよ。私は機捜としては駆け出しなんだ」

「へえ……」

吾妻は目を丸くした。「機捜って、若い人たちの登竜門だと思っていました」

「昔はベテランが配属されたんだよ。まあ、その時代とは機捜の役割も変わったようだけどね……」

高丸は言った。

「縞長さんは、うちの最終兵器なんです」

「最終兵器……？」

高丸は、縞長がかつて見当たり捜査班にいたことを説明した。

「……つまり、街中を流しながら、指名手配犯を見つけられるってわけです」

「そりゃ便利だ。密行だからできる芸当だな」

機捜が覆面車で巡回することを「密行」と呼んでいる。たしかに、自ら隊のように白黒のパトカーでは、犯罪者に警戒されてしまう。

同じように無線を聞きながら巡回しているのだが、機捜と自ら隊は役割が違うのだ。

縞長が言った。

「こんなところで立ち話なんかしていていいのかね？」

吾妻は余裕の笑みを浮かべる。

「二時間走ったんでね。十分間の待機が認められているんですよ。警察署や交番で休めるんです」

高丸は言った。

「ああ、それは我々も同様ですね」

「でないと、集中力が続かないからな」

「さて……」

高丸は言った。「自分らは行きます。二時になったら休憩が取れるんで……」

「了解だ。俺たちも巡回に出る」

吾妻は、さっと右手を額に持っていった。軽い感じの敬礼だ。

高丸は頭を下げて返礼をした。

吾妻がパトカーに向かったので、高丸たちは機捜車に乗り込んだ。

ハンドルを握ると、高丸は言った。「梅原のウエストポーチを見つけてくれた自ら隊のコールサインが同じ235だなんて……」

「驚いたなあ……」

「だからね」

助手席の縞長が言う。「それが縁ってもんなんだよ」

「なるほどねえ」

「後方よし。歩行者よし」

高丸の誘導で車を出した。

深夜の街を密行する。あと少しで休憩時間だと思うと、多少元気になる。疲労度はかなりの部分が気分の問題なのだ。

「おっと……」

縞長が言った。「傷害事件だな」

もちろん高丸もイヤホンでその無線を聞いていた。

渋谷区道玄坂《どうげんざか》で傷害の通報があったという。今いる場所からすぐ近くだ。

縞長がマイクを取り、現場に向かう旨を第二機動捜査隊本部に告げた。

「どうせ、酔っ払いの喧嘩《けんか》だろう。所轄の地域課に任せておけばいいんだ」

つい愚痴が出た。

縞長が言った。

「どこにどんな縁が転がっているかわからない。もしかしたら、ものすごい美人が助けを待っているかもしれない」

美人が待ってなどいなかった。

二十代と四十代の男性が揉《も》み合っている。それを、制服を着た地域課の係員二人が制止しようとしている。

その場に駆けつけると、高丸は言った。

「傷害の通報って、これ?」

地域課の片方が言う。

「いいから、手伝ってよ」

二人ともかなり酔っている。高丸と縞長はつかみ合う二人を引き剥《は》がすのに手を貸した。

「何だ、てめえは」

四十代のほうが高丸たちに食ってかかる。私服なので一般人だと思っているのかもしれない。

「いいから、ちょっと、話を聞くよ」

高丸が言うと、彼はいきなりつかみかかってきた。

このやろう、と思った。だからといって、殴るわけにも、柔道の技で投げるわけにもいかない。

酔っ払いの扱いには、いつも苦労する。相手は襟首を両手でがっしりとつかんでいる。興奮しているので、すごい力だ。

二人の地域課係員は、二十代のほうを押さえるので手一杯だ。

参ったな……。

高丸がどうしようか迷っていると、縞長が手を伸ばしてきた。

その手が酔っ払いの前腕部に触れた。そのとたん、酔っ払いの腰がくだけた。彼は地面に座り込んでしまった。

「あれ……？」

四十代の酔っ払いは何が起きたのかわからないような顔をしている。どうやったかはわからない。だが、何をしたかはわかった。縞長は、合気道の達人なのだ。高丸の知らない技を使ったに違いない。

すっかり毒気《どくけ》を抜かれた様子の中年の酔っ払いに、高丸は言った。

「警察に通報しましたか？」

すると、地域課係員たちが取り押さえている若者が言った。

「通報したの、俺っすよ」

高丸はそちらを見て言った。

「何があったんです？」

「殴られたんすよ」

「殴られた？　どういう状況で？」

「そこで、缶チューハイ飲んでたんすよ。そしたら、邪魔だって言われて……。言い返したら、殴られた」

中年の酔っ払いが言った。

「通行の邪魔なんだよ」

　若者が言い返す。

「うっせえよ。こっちが女連れだから、悔しかったんだろう」

　高丸は若者に言った。

「あなたは手を出していないんですね？」

「出してねえっす」

「傷害だってことだけど？　訴える？」

「えーと……」

　若者は考えている。

　高丸は続けて言った。

「だったら、交番か警察署で話を聞くことになります。正式に書類にしなきゃならないので……」

「あ、えーと……。俺は帰んなきゃならないんで……」

　興奮が冷めてきた様子だ。「えーと……」

「見たところ、怪我もしていない様子だし、もう遅いから、二人ともこのまま帰ったほうがいいんじゃない？」

　若者が言った。

「俺は別に、それでいいっす」

中年男が立ち上がって言った。

「俺はタクシーを拾って帰るぞ」

高丸は言った。

「どうぞ、気をつけてお帰りください」

中年男が、ふんと鼻から息を吐いてから歩き出した。

若者が言う。

「俺も行っていいっすか？」

高丸はこたえた。

「ああ、いいですよ」

彼は帰宅する様子はない。細い路地に消えていった。

地域課の一人が高丸に言った。

「いいんですか？　傷害罪は親告罪じゃないですよ」

「知ってるよ、そんなこと」

「相手が訴えないからといって、放免にしちゃまずいでしょう」

「捕まえたって、どうせ不起訴か起訴猶予だよ。ああいうのいちいち傷害で拾っていたら、警察はたちまちパンクだよ」

「そりゃそうだけど……」

「じゃあ、俺たち、密行を続けるから……」

この間、縞長は一言も口をきかなかった。高丸は車に戻ることにした。

渋谷署の分駐所に戻ったのは、三時近くだった。

縞長が言った。

「こりゃあ、あんまり仮眠が取れないな」

「シマさん、休んでよ。俺、無線聞いてますから」

「いやあ、ペア長を差し置いて先に休むわけにはいかない」

「それ、本気で言ってる？　無理がきかない歳《とし》でしょう？　いいから、休んでよ」

縞長は肩をすくめた。

「ペア長の言いつけじゃ仕方がないな。じゃあ、お言葉に甘えて休ませてもらうよ」

縞長が仮眠のために出ていくと、高丸は机に向かい、椅子に座った。耳には方面系の無線を聞くためのイヤホンを差し込んでいる。

梅原はどうしているだろう。高丸は気になった。

自分がしでかしたミスを悔やんで、眠れない夜を過ごしているのだろうか。いや、あいつのことだから、今頃は何事もなかったようにいびきをかいているかもしれない。

いずれにしろ、拳銃で死傷事件が起きるなど、大事《おおごと》にならなくて本当によかった。

それから二時間ほどして、縞長と交代して仮眠を取った。結局、そのまま朝を迎え、十時に第一当番の二人に引き継ぎを行った。

午前十一時には第二当番が終了して非番となる。

ようやく帰れると思っていると、徳田班長に呼ばれた。

何事だろうと、縞長と二人で班長席に向かった。

「非番のところすまんが、目黒署から張り込みの応援要請だ」

一気に疲労が押し寄せてくる。当番から解放されると思った矢先なので、ダメージが大きい。

だが、文句は言えない。

「了解しました。強行犯係ですか?」

「そうだ。このまま目黒署に向かって、係長の指示に従ってくれ」

「はい」

「本来なら、非番じゃなくて、公休の者に行ってもらうんだが、今は三交代で公休がいない。232は第一当番、我々231は第二当番だから、おまえたちに行ってもらうしかない」

「わかっております」

自分は若いからいい。だいたい警察官の仕事はこんなものだと、高丸は思っている。だが、さすがに縞長の年齢だときついだろう。

その思いが伝わったのか、徳田班長が言った。

「シマさんは、きついと思うので、高丸がカバーしてやってくれ」

すると、縞長が言った。

「いや、班長。私なら平気です。張り込みは慣れてますから……」

徳田班長はその言葉に、無言でうなずくだけだった。

分駐所を出て駐車場に向かうときに、また熊井に会った。今日も疲れた顔をしている。だが、俺たちの見かけも負けてはいないだろうと、高丸は思った。

「よう。明け番だったな。いいご身分だ」

熊井にそう言われて、高丸はこたえた。

「これから目黒署で張り込みの助っ人です」

さすがに熊井は、一瞬言葉を呑《の》み込んだ。そして一言、「そうか」と言った。

高丸は尋ねた。

「コンビニ強盗、どうなりました？」

「すぐに被疑者が割れたよ。身柄確保した。今、取り調べの最中だ」

「そりゃよかった」

「どの事案も、こうサクサク片づいてくれるといいんだがなあ……」

「熊井さん、家に帰ってるんですか？」

「ああ？　帰ってるさ。だから言ってるだろう。署に泊まり込んだほうが楽だって……」

そう言うと熊井は強行犯係のほうに歩き去った。

高丸は、縞長とともに、再び機捜車に乗り込んだ。

目黒署刑事組織犯罪対策課の強行犯係に行くと、係長の杉田《すぎた》源一《げんいち》警部補が言った。

「やあ、待っていたぞ」

そう言ってから、ふと怪訝《けげん》そうな顔になる。

「ん……？　相棒はどうした？」

杉田係長は、相棒が梅原から縞長に代わったことを知らない。それほど長い間会っていなかったということだ。

「相棒はこの縞長です」

「え……？」

杉田係長は、露骨に驚いた顔になった。「この人、機捜なの？」

「そうです」

「いやあ、俺はまた、捜一の幹部かと思ったよ」

縞長が言った。

「幹部はこんなにしょぼくれてません」

杉田係長が言った。

「とにかく、来てくれて助かる。指名手配犯が管内に潜伏していることがわかってな。今、その潜伏先を張り込んでいる」

縞長が尋ねた。

「指名手配犯？　誰です？」

「こいつだ」

杉田係長が手配写真を取り出すと、縞長が即座に言った。

「金本真吉《かねもとしんきち》。三年前の強盗殺人ですね。現場は碑文谷《ひもんや》。被害者は七十八歳と七十六歳の夫婦……」

杉田係長は驚いた様子で尋ねた。

「この事案に関わったのかね？」

「いえ、そういうわけではありません」

高丸は言った。

「縞長は、見当たり捜査班にいたことがあるんです」

「あ、見当たり捜査……。そういうことか。それなら、説明の手間が省けるな」

縞長が質問する。

「潜伏先はどこですか？」

「大鳥《おおとり》神社交差点の近くのアパートだ。今、係の者が交代で張り付いているので、そのシフトの中に入ってくれ」

それから、アパートの住所と張り込みポイントの説明を受けた。

張り込みのポイントは三ヵ所だ。張り込みは最低二名で行う。すると、強行犯係だけでは人が足りなくなるということだ。

所轄の強行犯係は、係長を入れて五、六人といったところだろう。

「了解しました」

高丸は言った。「では、すぐに向かいます」

「署活系の無線を持っていってくれ。交代要員が確保でき次第連絡する。それまで頑張ってくれ」

高丸と縞長は、機捜車で現場に向かった。

4

アパートは住宅街の細い路地に面している。路上駐車をするのが、はばかられるような路地だ。だが、刑事たちに遠慮はない。

かつて民家だったものを、改築したアパートで、最近住宅街でよく見かける造りだ。オートロックなどない。二階建てで、一階に四つの部屋のドアが見て取れる。

二階は大家の自宅だということだった。

金本が潜伏しているらしい部屋は、手前から二番目だ。第一の張り込みポイントは、その部屋のドアが見える位置だ。

第二のポイントは、裏手の窓が見える位置。そして、第三のポイントは、アパートから目黒通りに抜ける通りだ。

現場に近づくと、縞長が目黒署から持ってきた署外活動系の携帯無線で連絡を取った。

「こちら、機捜235。ただ今開局。目黒署強行犯の張り込みに参加するよう指示を受けている。どうぞ」

「機捜235。こちらは強行犯・シノダ。助っ人かたじけない。張り込みポイントは把握しているか？　どうぞ」

「強行犯・シノダさん。こちら、機捜235。ポイントは把握している」

「では、第三ポイントをお願いしたい」

「機捜235了解。すぐに位置に着きます」

高丸は、車を所定の位置に停めた。

「ここからは、部屋のドアも窓も見えないね」

高丸のその言葉に、縞長がこたえた。

「だが、建物は見えている。ここは意外にホットポイントかもしれないねえ」

「そうかな……」

どう考えても、ドアを見張っている組が一番のホットポイントだ。金本が姿を見せたら、すぐに確保だ。

裏手の窓も要注意だ。被疑者はかなりの確率で、裏から逃走を図る。

まあ、どうせ助っ人だ。機捜は、余計なことは考えず、言われたことをやればいい。手柄はなく、ミスは許されない。それが機捜だ。

昼食の買い出しは、高丸が担当した。実は、張り込み時に買い物に出るには、細心の注意が必要だ。

被疑者のほうもこちらを観察しているかもしれないからだ。へたに動くと刺激することになる。

第三ポイントは、その点気が楽だった。第一と第二ポイントは、部屋から見える位置にあるが、第三ポイントは見えないのだ。

張り込み時は、双眼鏡や望遠レンズ付きのカメラを手にしているため、両手を使う弁当は避けなければならない。包装を解くのが難しいおにぎりもだめ。カップ麺などもってのほかだ。

る。

サンドイッチとか、海苔《のり》巻き、いなり寿司など、片手で食べられるものを選ぶことにな

高丸はコンビニで、助六《すけろく》寿司とサンドイッチ、ペットボトルのお茶を買い込んで、車に戻った。買い物のときに、トイレを使わせてもらった。

張り込みで一番問題なのがトイレだ。昔は民家に借りに行ったりしたらしいが、あちらこちらにコンビニができて、捜査員たちはおおいに助かっている。

助手席の縞長は、双眼鏡であらぬ方向を見ている。目黒通りのほうだ。

「何か珍しいものでもあった？」

双眼鏡を眼に当てたまま、縞長は聞き返した。

「え……？　珍しいもの……？」

「被疑者の潜伏先とは逆のほうを見ているからさ」

「ああ……」

縞長は、双眼鏡を下ろした。「逃亡者というのは、常に捜査員の裏をかこうとするからねえ」

高丸はサンドイッチを食べながら、スマートフォンに取り込んだ手配写真を見ていた。縞長と違って特別な訓練を受けているわけではないので、何度も写真を見て人相を頭に入れる必要がある。

縞長は、いなり寿司をつまんで口に運ぶ。そして、再び双眼鏡を眼に当てた。

密行のときは、二人ともあまり口をきかない。何か不審な動きはないか、外の状況に目を光らせているからだ。

だが、張り込みとなると、密行ほどの注意力はいらない。高丸は自然といろいろなことを考えてしまう。

「そう言えばさ……」

高丸は言った。「お互い、プライベートな話はしないよね」

縞長は相変わらず、双眼鏡を覗《のぞ》いたままこたえる。

「そうかね？」

「俺はシマさんの私生活のことを聞いた記憶がない。非番の日に仕事に駆り出されたりしたら、家族が文句を言うんじゃないの？」

「家族はいないよ」

口調があまりにあっさりしていたので、高丸は一瞬、縞長の言葉の意味がわからなかった。

「え……。家族がいないって、どういうこと？」

「私は一人暮らしだよ。高丸だってそうだろう？」

「いやあ、俺は……」

若いから、と言いかけてやめた。

考えてみれば、一人暮らしに若いも年寄りも関係ない。

高丸は言った。

「そうなんだ……」

「そう。私も結婚したことはあるんだよ。でも、女房に先立たれてね。ずいぶん昔のことだ」

「そうだったのか。子供は？」

「できなかったね。……というか、子供ができる前に、女房が体を壊しちまってね……」

「再婚しようとは思わなかったの？」

「私は捜査で駆け回っていて、女房の死に目に会えなかったんだ。警察官っていうのは、そういうもんだと思った。だから、家族を持っちゃいけないような気がしてね……」

「そんな……。みんな普通に家庭を持っているよ」

「何というかねえ……。私は仕事も家庭もうまくやるなんてことはできないんだよね。仕事もずっと半人前だったし……」

シマさんは、ずっとだめな刑事だったらしい。本人から聞いた話だ。見当たり捜査は、背水の陣だったのだそうだ。

警察を辞めるか、見当たり捜査に最後の可能性を求めるか……。その選択を迫られたのだという。

そして、シマさんの能力が開花した。

日が暮れてきた。さすがに、疲れが出て睡魔が襲ってくる。

「あれ、金本だ」

縞長の声で、眠気《ねむけ》が飛んだ。

「どこだ？」

「あそこだ。目黒通りのほうからこちらに向かってくる」

ネイビーのジャンパーに、黒いパンツという出で立《いた》ちだ。ジャンパーの中にフーディーを着ていて、フードをかぶっている。

マスクをしていて、人相がよくわからない。だが、高丸は縞長の眼力を疑わなかった。

すぐに無線を手に取り、連絡した。

「各局。こちら機捜235。被疑者らしき男性を発見。目黒通りからアパート方向に向けて進行中。紺色のジャンパーに、黒いズボン。フードをかぶっている」

「こちら、ポイント1。当該人物を目視。えーと……。これ、本当に被疑者？」

戸惑《とまど》っている様子だ。

縞長が高丸から無線を取り、言った。

「ポイント1。こちらは機捜235。間違いない」

しばしの沈黙。皆半信半疑なのだ。それはそうだ。フードをかぶりマスクをした人物を被疑者と断定するには無理がある。

縞長がさらに言った。

「各局。こちら、機捜235。あの眼は金本に間違いない」

すると即座に応答があった。

「こちら強行犯・シノダ。職質をかける。各局、確保に向けて用意されたし」

職質をかけると、その場から逃走する恐れがある。各員それに備えろ、ということだ。

「行こう」

高丸はそう言って車を降りた。

縞長も助手席から出てきた。

第一ポイントの車からも捜査員が降りるのが見えた。その捜査員たちが、フードの男に近づいていく。

声をかける。二言三言のやり取りのあと、フードの男は突然駆け出した。無線から声が流れる。

「逃走した。逃走した。確保しろ」

男は、目黒通り方向に引き返してきた。高丸たちがいるほうだ。

まじか。

高丸は思った。こんなツキはいらない。

高丸は、駆けてくる男の前に立ちはだかった。

「止まれ」

それで止まる被疑者はいない。だが、警察官はこういう行動を取らなければならない。

制圧にも正しい方法があるのだ。

案の定、高丸は男の体当たりを食らう。それでも何とか相手にしがみついた。柔道の利点は投げるだけではない。つかんだら離さない技術も学べるのだ。

男は高丸を引きずるようにして、なおも逃走しようとする。

「くそっ」

高丸は相手の足に両腕で抱きついた。タックルの形になり、二人はもつれて地面に転がった。

二人は揉み合った。高丸は何とか男を制圧しようとする。だが、相手も必死だ。腕をつかみ、蹴ってくる足を払い、押さえ込もうとした。たちまち息が上がった。

急に相手の抵抗がなくなった。あれ、と思って見ると、縞長が男の右腕をつかみ、うつぶせに取り押さえている。合気道の一ヶ条《いちかじょう》という形《かたち》だ。

「高丸、手錠」

尻餅をついたまま、高丸は言った。

「いや、俺の役目じゃない」

「え……？」

そこに、四人の男が駆けつけた。目黒署強行犯係の捜査員たちだ。

高丸は言った。

「どうぞ、手錠をかけてください」

身柄確保し、マスクを外してみると、フードの男は間違いなく指名手配犯の金本真吉だった。

現場で指揮を執っていた篠田道夫《しのだみちお》巡査部長が、杉田係長に報告した。

「いや、捕まえてみて驚きましたよ。機捜さんがいなけりゃ、取り逃がしていたところです」

杉田係長はご満悦の様子で、縞長に言った。

「さすがは、元見当たり捜査班だね」

篠田巡査部長が言う。

「あ、そうだったんですか。どうりで……」

身柄確保は、午後五時十分だった。夜中まで付き合わされなくて、本当によかった。

そう思いながら、高丸は言った。

「では、自分らはこれで失礼します」

杉田係長が言う。

「そうかい。いやあ、助かったよ。またよろしく頼むよ」

高丸と縞長は機捜車に戻った。

「やれやれ、これでゆっくり休めるな」

車を分駐所に戻し、徳田班長に報告すれば任務終了だ。渋谷署までは、中目黒駅の手前の陸橋を右折して駒沢《こまざわ》通りに入り、恵比寿駅を過ぎて明治通りを左折すれば近いのだが、それだと渋谷署が道の右側になってしまう。

山手《やまて》通りを進み、中目黒《なかめぐろ》駅前を通り過ぎる。

だから高丸は、国道246号まで出て右折し、さらに渋谷駅を過ぎて明治通りを右折することにした。

中目黒駅を過ぎてしばらくすると突然、縞長が言った。

「停めてくれ」

「え……？」

「確かめたいことがあるんだ」

高丸は言われたとおり、車を縁石に寄せて停めた。

「どうしたんだ？」

「今、コンビニに入っていった男なんだが……」

「まさか、指名手配犯だって言うんじゃないだろうね」

「その、まさかなんだけど……」

「えー。金本を捕まえた直後なんで、そんな気がしただけじゃないの？」

「このまま、帰りたいのはやまやまだけどね……。あいつは見逃せない。爆弾テロの被疑者なんだ」

「わかった」

高丸は車を降りることにした。

非番に駆り出され、その任務がようやく終わったところだ。縞長の間違いであることを願わずにはいられない。

コンビニに入ると、縞長は実に自然に振る舞った。棚を見て回る振りをして、対象者を観察しているらしい。

高丸には、どの客が対象者かわからなかった。だから、黙って縞長に従うしかない。

縞長が小声で言った。

「間違いない」

そして、眼で外に出るように促した。高丸は出入り口に向かった。

コンビニを出ると、縞長が言った。

「店を出てきたところで、声をかけよう」

「これで確保できたら、立て続けに二人の指名手配犯を捕まえたことになる」

高丸はすでに捕まえた気になっていた。

「油断は禁物だよ」

縞長が言った。「あいつはおそろしく用心深いんだ。だからもう十年も逃亡を続けている」

「爆弾テロ犯だよね」

「そう。内田繁之《うちだしげゆき》、四十九歳。十年前、企業に爆弾が仕掛けられ、十人以上が死傷した事件の主犯と見られている」

「あ、出てきた」

「声をかけよう」

男は、コンビニの出入り口付近にいる。高丸と縞長は、彼に近づこうとした。

そのとたんに、男は逃走した。

高丸は言った。

「確保しよう」

男は大橋《おおはし》方面に駆けていったので、高丸はそれを追った。

男は振り向いたと思うと、車道に出て手を挙げた。ちょうどタクシーの空車がやってきたのだ。

「止まれ。警察だ」

高丸は大声で言った。逃走犯にではなく、タクシーの運転手に聞こえてほしいと思った。だが、声は届かなかったようだ。男が乗り込み、タクシーはすぐに走りだした。高丸は機捜車のところに駆け戻った。縞長も事情を察して、車に向かっている。

二人は、ほぼ同時に車に乗り込んだ。高丸は、タクシーが逃げた方向に車を発進させた。

縞長が捜査専務系無線のマイクを取った。

「二機捜。こちら機捜235。指名手配犯を発見。追跡中。指名手配犯は、内田繁之。繰り返す。指名手配犯は、内田繁之」

「機捜235。こちら二機捜。現在地は？」

「山手通りを走行中。まもなく大橋の交差点」

「了解」

縞長が、高丸に尋ねた。

「タクシーのナンバーを見たかね？」

「四桁の番号だけは覚えている」

高丸がそのナンバーを告げると、縞長は無線で第二機動捜査隊本部に、タクシーの会社名とナンバーを伝えた。

「二機捜、了解」

カーナビを見ると、他の機捜の車がこちらに向かいつつあるのがわかった。

車は大橋の交差点までやってきた。赤信号だ。タクシーの姿はない。

高丸は言った。

「左か右か……。どっちに行ったと思う？」

縞長が即座にこたえた。

「左だ」

そして、縞長はルーフに赤色灯を装着し、サイレンを鳴らした。さらに拡声器で周囲に注意を促す。

「緊急車両、交差点を左折します」

迷ったり、疑ったりしている暇はなかった。高丸はハンドルを左に切り、国道２４６号を三軒茶屋《さんげんぢゃや》方面に向かった。

高速の入り口付近で、縞長が言った。

「いた。あのタクシーだ」

高丸も気づいていた。

「逃がさないよ」

縞長が無線で、当該車両発見と現在位置を知らせる。

「警視235、こちらで開局します」

無線からそんな声が流れた。自ら隊の吾妻だ。自ら隊が使っている無線周波数ではなく、捜査専務系に入ってくるということだ。

吾妻の声が続く。

「機捜235。こちら警視235。どうぞ」

縞長がこたえた。

「警視235。こちら機捜235。感度あります」

「現在、茶沢《ちゃざわ》通りを三軒茶屋に向けて走行中。応援に向かう」

「機捜235、了解」

無線は縞長に任せて、高丸は運転に集中していた。緊急走行には集中力が必要だ。

やがて、逃走犯が乗ったタクシーは三宿交差点を左折した。

縞長がそれを無線で伝える。第二機捜本部と警視235が「了解」と送ってきた。

「もうじき合流する」

吾妻が無線で言った。その言葉どおり、ほどなく、自車のものとは別のパトカーのサイレンが聞こえてくる。

タクシーは下馬一丁目の交差点を右折する。そのまままっすぐ行くと、環七《かんなな》通りの龍《りゅう》雲寺《うんじ》交差点に出る。

だが、タクシーはその手前の世田谷観音の信号で右折。かつて明薬《めいやく》通りと呼ばれていた世田谷観音《かんのん》通りに入った。覆面車とパトカーがそれを追っていく。

「あ……。消えた……」

高丸が思わず声を上げた。先を行くタクシーが突然見えなくなったのだ。

縞長が言った。

「左の建築現場だ」

見るとマンションか何かの建築現場がある。

高丸はその前で機捜車を停めた。自ら隊のパトカーも少し先で停車する。

見ると、建築現場の敷地内に、たしかにタクシーが停まっている。

「まずいな……」

縞長がつぶやいた。

「まずい……？」

「人質を取った立てこもり事件になりそうだ」

応援の機捜車や所轄のパトカーも駆けつける。静かだった住宅街が、にわかにものものしい雰囲気となる。

高丸は車を降りて、建築中の建物を見上げた。

5

すっかり日が暮れていた。

時計を見ると、午後六時半を回ったところだった。

パトカーの赤色灯が回転し、無線からの声が車内から洩《も》れて聞こえている。さらに、高丸は方面系の無線のイヤホンをつけているので、そこからの声も響いていた。

応援に駆けつけた機捜車の中から、徳田班長が降りてきた。その機捜車は、231だった。

班長は、乗員の篠原克樹《しのはらかつき》と大久保実乃里《おおくぼみのり》を従えて、高丸たちに近づいてきた。

「状況は？」

徳田班長の質問に、高丸がこたえた。

「内田は、この建築中の建物の中に逃げ込んだ模様です。タクシーの運転手を人質に取っています」

「内田繁之に間違いないんだな？」

その質問にこたえたのは、縞長だった。

「間違いありません。中目黒のコンビニに入るところを発見して、彼が店を出たところで声をかけるつもりでした」

「接触したんだな？」

「いいえ。内田はこちらの動きを察知して、逃走しました」

「それで……？」

「内田はその場から逃走し、タクシーに乗り、ここまでやってきました」

徳田班長は、乗り捨てられているタクシーを指さした。

「あの車か？」

縞長がうなずく。

「そうです」

「内田から、何か要求は？」

高丸はかぶりを振った。

「まだ、コンタクトが取れていません」

徳田班長が建築中の建物を見上げた。明かりもなく、建物の中は真っ暗闇だ。

「どこにいるかわからないんだな？」

高丸はこたえる。

「はい」

「ここに逃げ込んだのは確かなのか？」

「目視していません。自分らはタクシーを追っていました。急にその姿が見えなくなったと思ったら、ここに駐車していたのです」

縞長が補足するように言った。

「タクシーがここに駐車してからすぐに、私らが到着しました。内田はどこにも他に行きようがありません」

徳田班長がうなずいた。

そのとき、所轄の地域係がやってきた。まず、自転車で二人。彼らは最寄《もよ》りの交番からやってきたのだろう。

そして、ほどなくマイクロバスで五人ほど駆けつけた。

巡査部長の階級章をつけた四十代の係員が、徳田班長に言った。

「立てこもりって、どうなってるの?」

徳田班長は、事情を手短に説明した。

巡査部長が言った。

「指名手配犯? 何者?」

「内田繁之。企業爆破事件の被疑者です」

巡査部長がうなずいて、周りを見回した。

「そろそろ野次馬が集まってくるな。規制線を張ろうか」

「任せます」

「お、うちの強行犯係が来たぞ」

所轄の刑事課強行犯係だ。

「機捜さんですか？」

「はい。二機捜、徳田班です」

「班長は？」

「自分です」

「世田谷署強行犯係の越前《えちぜん》です」

「係長ですか？」

「そうです。状況は？」

徳田班長は、地域課の巡査部長のときよりも詳しく説明した。

話を聞いた越前係長は目を丸くした。

「あの内田ですか？　まさか、爆発物など持っていないでしょうね……」

「それは確認していません」

「人質は無事なんですか？」

「それも未確認です。まだコンタクトが取れていません」

強行犯係の捜査員が越前係長に言った。

「呼びかけてみますか？」

越前係長はかぶりを振った。

「へたに刺激しないほうがいい。今、本部の連中が向かっている。彼らの到着を待とう」

機捜もいちおう本部所属だが、越前係長が言う本部の連中というのは、捜査一課の捜査員のことだろうと、高丸は思った。

越前係長が、徳田班長に言った。

「本部の連中が来たら、また状況を説明することになります。俺が話すと伝言ゲームになりかねないので、機捜でやってください」

二人はほぼ同じ年齢に見えたが、機捜の班長は警部で、所轄の係長は警部補だ。だから、越前係長は徳田に対して丁寧な言葉を使っている。

徳田班長がこたえた。

「わかりました」

越前係長は、機捜から離れていき、係員を集めて何やら指示を出した。その後、彼らは散っていった。

係員たちは、建築中の建物から内田が逃走しないように、周囲を固めるのだろう。

機捜２３１の篠原警部補が徳田班長に言った。

「私らはどうしましょう？」

「越前係長が言ったように、捜査一課が到着するまで待機だ」

「世田谷署が周囲を固めてますが、人数が足りていない様子です。応援に行ったほうがいいんじゃないですか？」

「監視態勢にある連中と直接連絡が取れないので、応援が裏目に出る恐れがある。待機だ」

世田谷署強行犯係の連中は、ハンディタイプの無線を携行しているはずだ。署活系なので、高丸たちがその通信内容を聞くことはできない。徳田班長はそのことを言っているのだ。

機捜231の大久保実乃里が言った。

「越前係長が言っていたこと、気になりますね」

徳田班長が聞き返す。

「越前係長が言っていたこと？」

「内田が爆発物を持っているんじゃないか、ということです」

徳田は、高丸を見て言った。

「どうなんだ？」

高丸は、中目黒のコンビニ前で声をかけようとしたとき、内田が何を持っていたかを思い出そうとしていた。

「たしか、リュックを持っていたと思います」

「リュック？」

「ええ。小さなバックパックです」

「爆発物が入っていたと思うか？」

「さあ、それは……。でも、そのリュックを慎重に扱っている様子はありませんでした」

「どういうことだ？」

「えーと……。もし、爆発物が入っていたら、衝撃を与えたりしないように気をつけるんじゃないでしょうか」

徳田班長は縞長を見て言った。

「シマさんはどう思う？」

「爆弾は、信管《しんかん》がなければ爆発はしませんし、信管の種類によって衝撃など関係ないものもあります」

高丸が縞長に尋ねた。

「衝撃など関係ない……？」

「そう。電気信管の多くは、衝撃を与えても起爆しない」

「つまり……」

徳田班長が縞長に尋ねた。「内田がリュックを無造作に扱っていたとしても、爆発物が入っていないことの証明にはならないということだな？」

「ええ、そうですね。爆薬から信管を取り外している場合もあるでしょうし……」

徳田班長が、大久保に言った。

「少しでも恐れがある場合は、所持していないことが確認されない限り、所持しているという前提で対処すべきだ」

それからしばらくして、捜査一課が到着した。やってきたのは、特殊犯捜査第一係だ。立てこもり事件やハイジャックなどのエキスパート部隊で、最近はＳＩＴといったほうが通りがいい。

ＳＩＴは十名ほどいた。その中の一人が高丸たち機捜に近づいてきた。

「特殊班の葛木《かつらぎ》です」

徳田班長が名乗ってから尋ねた。

「係長ですね？」

「そうです」

葛木は、本部の係長なので、警部だろう。階級は徳田と同じだが、ずいぶん若い。おそらく三十代だろうと、高丸は思った。

そこに越前係長が駆けてきて、葛木係長に言った。

「世田谷署強行犯係の越前です」

葛木係長が名乗ってから尋ねた。

「状況は？」

「機捜さんに説明してもらいます」

その言葉を受けて、徳田班長がまた説明した。越前に話したのとまったく同じ内容だった。

葛木係長が言った。

「内田繁之に間違いないんですね？」

徳田班長がこたえた。

「うちの隊員が人着を確認して、声をかけようとしました。接触する前に、内田は逃走しました」

「そして、追跡したのですね？」

「はい」

葛木係長がうなずくと、越前係長が言った。

「今、うちの捜査員が建物の周りを固めています」

「わかりました。無線の周波数を教えてください。我々の無線機もそれに合わせます」

ＳＩＴと世田谷署強行犯係が共通の無線を使うことになった。機捜だけが別系統ということになる。

高丸は徳田班長に言った。

「ハンディの無線を持ってくればよかったですね……」

「今ここでそんなことを言っても仕方がない」

「それはそうですが……」

ＳＩＴの葛木係長が徳田班長に言った。

「機捜さんは、もういいですよ」

「了解しました」

徳田班長はそう言うと、その場を離れた。篠原と大久保がそれに従う。

高丸は慌ててそのあとを追った。

「班長、いいんですか？」

「何が？」

「もともとは自分らが人質事件を起こさせたようなものですから……」

「おまえたちは、被疑者を追っただけだ。その被疑者が運転手を人質に立てこもったことに、おまえらの責任はない」

「はあ……」

高丸は釈然としなかった。縞長は何も言わない。

機捜が触れるのは事件の端緒だけだ。捜査員がやってきたら、彼らに引き継げば役目は終わる。その事案のことは忘れて、密行を再開する。

それが機捜だ。事件を引きずってはならないのだ。それはわかっているが、どうも、もやもやとしている。

徳田班長がさらに言った。

「俺は渋谷分駐所に引きあげる。２３１の二人は夜勤だ。おまえたちは、本来は明け番なんだ。早く帰れ」

「はい」

高丸がそうこたえると、徳田班長たち三人は機捜２３１に向かった。

高丸は立ち尽くしたまま、三人の後ろ姿を眺めていた。

縞長が言った。

「どうした？　班長が帰れと言うんだから、指示に従おうじゃないか」

「これからどうなるのかな、と思って……」

「それは、特殊班の仕事だろう」

ＳＩＴのことを、「特殊班」と呼ぶ人がけっこういる。一昔前は、その呼び方のほうが普通だったということだ。

「そうなんだけど……」

「徳田班長も言ってただろう。私ら被疑者を追っただけなんだ」

高丸は縞長を見た。

縞長は落ち着かない様子で言った。

「何だね。なんでそんな眼で見るんだ？」

「なんだか、シマさんらしくないね」

「私らしくない？　何が？」

「いつもなら、責任を感じて、成り行きを見ようとするじゃない」

縞長が眼をそらす。

「私はいつもと変わらないよ」

そのとき、誰かが大きな声を上げた。

「この車は誰んだ？　機捜か？」

見ると、捜査員が機捜235を指さしている。

高丸は言った。

「はい、機捜車です」

「邪魔だ。どけろ」

SITの捜査員らしい。

高丸は車に近寄り、言った。

「よけますよ。でも、邪魔ってことはないでしょう」

刑事たちに邪魔者扱いされるのは、珍しいことではない。初動捜査だけに関わり、あとは知らんぷりの機捜を無責任だと感じている捜査員は少なくないようだ。

だが、そういう仕事なのだから仕方がない。何かが起きたらすぐさま駆けつける。それが役目なのだ。

どんなに文句を言われようが、怒鳴られようが、かつては黙って従っていた。そういうものなのだと思っていた。

だが、最近は、自分の立場をはっきり言うことにしている。そのほうが精神衛生にいい。

「機捜がいたって役に立たん。現場に残るなら、野次馬の整理でもやってろ」

捜査一課はエリート集団だ。その中でもSITはエリート中のエリートといわれている。

例えば、殺人犯捜査係などは、すでに起きてしまった事件を捜査する。

だが、SITはハイジャックや人質事件など、現在進行中の事件を担当する。

そのために、日々厳しい訓練を受けているのだ。当然、そうした自負があるだろう。

「じゃあ、さっさと被疑者を検挙してくださいよ」

高丸がそう言うと、相手は目をむいた。

「何だと……。おまえらがその捜査の邪魔をしてるんだよ。さっさとここをあけろ。指揮車が停められないんだよ」

縞長が後ろから高丸に言った。

「早く移動しよう。移動現場指揮車はSITの前線本部だ」

「あれ……。シマさんか？」

SITの捜査員が言った。

高丸が振り向いて尋ねる。

「知り合い？」

縞長は、彼に顔を向けようとしない。

SITの男が嘲《あざけ》るような口調で言う。

「そうか。シマさんは今、機捜にいるのか？」

縞長は返事をしない。

高丸は尋ねた。

「あんたは、誰なんですか」

「機捜なんかに名乗る必要はない。シマさんが知ってるよ」

縞長が言った。

「捜査一課の増田庸平《ますだようへい》だ」

「シマさん、まだ巡査部長だろう？　俺は警部補になったんだから、さん付けしろよ」

高丸は言った。

「年配の人に対する言葉づかいじゃないな」

増田がそれを無視するように言った。

「役立たずは機捜にちょうどいいな……」

高丸は増田に食ってかかろうとした。それを、縞長が制止した。

「早く移動しよう。増田が言うとおり、捜査の邪魔になる」

増田が言った。

「増田さん、だろう」

縞長に引っぱられるようにして、機捜車に乗り込み、高丸は車を出した。

「あいつ、何なんだ？」

助手席の縞長が言う。

「増田か？　以前、所轄の刑事課でいっしょだったことがあるんだ」

「あの態度はないでしょう」

「いや、私は彼が言ったとおり、役立たずだったからね……」

「今は違うんだ」

縞長は言葉を返してこなかった。

彼の様子がちょっと変なのは、あの増田のせいだったのか……。

高丸は車を停めた。移動現場指揮車を停める場所をあけろと言われただけなので、あとはどこに停めようと自由なはずだ。

縞長が言った。

「このまま帰宅するんじゃないのか？」

「シマさんは、内田のことが気にならないの？」

「気になるもならないも……。特殊班が来て捜査を始めたんだ。私らのやることはない」

高丸はルームミラーで後部を見た。今まで機捜235がいたところに、マイクロバスが駐車していた。前線本部となる移動現場指揮車だ。

その車の周囲でSITの捜査員たちが、きびきびと動き回っている。

それを見ながら、高丸は言った。

「内田を見つけたのは、シマさんだ。もうちょっとのところで、取り逃がしたんだ。悔しいじゃない」

「逃げられたものはしょうがないよ。内田の用心深さを、甘く見ていたんだ」

「逃がした魚は捕まえたい」

縞長がかぶりを振った。

「それは機捜がやることじゃない」

「俺も普段ならそう思うよ。明け番なのに張り込みやらされたり、内田を追跡したりでくたくただから、すぐに帰ろうとも思った」

「じゃあ、帰ろう」

「でも、あの増田の態度を見て、気が変わった」

「あんなのは、気にしなけりゃいいんだよ」

「あいつ、機捜を舐《な》めてるんだ。このままにはしておけない」

「どうするつもりだ？」

「俺たちが内田を挙げる。そう言ってるだろう」

「そんなことをしたら、クビが飛ぶぞ」

クビが飛ぶというのは、大げさではない。警察官も公務員だから処分が怖い。懲戒免職にならなくても、一度処分を食らうと出世の道が絶たれるので、自ら警察を辞める者が多い。

だから、高丸もばかなことはしたくない。そして、徳田班長の指示に逆らって、内田の事案に関わるのは、そのばかなことに違いないのだ。

「なあ、高丸はさっき、私らしくないと言ったな。その言葉をそっくりそのまま返すよ」

高丸は移動現場指揮車をミラーで見つめていた。

そのとき、脇を派手な赤色灯が通り過ぎていった。自ら隊のパトカーだった。警視235だ。

パトカーは高丸たちの車のすぐ前に停まった。運転席から吾妻が降りてきた。

6

高丸はサイドウインドウを下ろした。

「何だか、切符を切られそうな気分ですね」

吾妻が言った。

「俺は、交通課じゃない」

「引きあげないんですか？」

「そっちこそ、引きあげないのか？　もう一台の機捜車は引きあげたのに……」

「ああ。彼らは夜勤なんです」

「班長が乗っていたな？」

「ええ。機捜231には、班長が乗車することがあります」

吾妻は、後方に眼をやって言った。

「ここじゃ俺たちの出番はないぞ」

「最初に内田を見つけたのは、シマさんなんです」

「それを、SITにかっさらわれるのが悔しいというわけか？」

「普段はそんなこと、考えないんですけどね」

「内田の服装を詳しく教えてくれないか？」

「服装……？」

「人相は、手配写真で確認した。だが、今日どんな服装だったかを知っているのは、あんたらだけだ」

助手席から縞長が言った。

「深緑色の腰丈の上着に、黒っぽいズボンだ。靴は黒い革製のスニーカー」

吾妻が聞き返す。

「深緑色……？」

「軍隊の制服なんかによくある色だ」

「オリーブドラブですね。了解しました」

高丸は吾妻に尋ねた。

「どうして、内田の服装なんか聞くんですか？」

「相棒がな、気になることを言うんだ」

「気になること……？」

「巡回中に内田を見かけたかもしれないと……」

「それは、いつ頃のことですか？」

「詳しいことは、相棒から聞いてみるかい？」

「ええ、ぜひ」

そうこたえたのは、縞長だった。

吾妻はいったんパトカーに戻り、ペアを連れて戻ってきた。たしか、森田という名前だった。二人は後部座席に座った。

高丸はさっそく質問した。

「内田を見かけたというのは、本当か？」

森田がこたえた。

「ええと……。確信はないのですが、手配写真を見たときに、どこかで見たような気がしたんです」

「それはいつ頃のことだ？」

「まだ明るかったので、五時とか五時半頃のことだったと思います」

「場所は？」

「中目黒駅前です」

「山手通りを走行していたのか？」

「そうです」

中目黒駅の改札口は山手通りに面している。

「自分らが内田を見かけたのは、中目黒駅から徒歩十分くらいの場所にあるコンビニだ」

高丸は言った。「あんたが内田を見かけた可能性はおおいにあるな」

吾妻が森田に言った。

「その人物の服装は？」

「たしか、アーミーグリーンのミリタリー調のジャケットです」

吾妻が高丸と縞長に言った。

「一致しているな」

縞長がうなずいた。

「そうだね。たしかに、森田君は内田を目撃しているようだね」

吾妻が言った。

「問題はそのとき、内田が何をしていたか、だ」

それに促されるように、森田が言った。

「内田らしい人物は、立ち話をしていました」

「立ち話……？」

高丸は尋ねた。「相手はどんなやつだ？」

「内田よりかなり若い男でした。中肉やせ型で、髪は長め。服装はネイビーか黒のジャンパーでした」

高丸は縞長と顔を見合わせていた。

吾妻が言った。

「さらに、続きがあるんだ」

森田が言う。

「その二人は、荷物を交換したんです」

「荷物を交換した……？」

「ええ。二人はリュックを持っていたんですが、それを交換して別れたんです。立ち話はごく短く、彼らが接触していたのはほんのわずかの時間でした」

縞長が言った。

「そいつは、たしかに気になる話だねえ……」

高丸は吾妻に言った。

「その話、ＳＩＴにはしましたか？」

「いや」

「どうしてです？」

「指揮系統が違うから、俺がＳＩＴに報告する義務はない」

そうだろうか、と高丸は思う。たぶん、吾妻が言っていることはたてまえに過ぎない。

「けっこう重要な情報だと思いますよ」

「報告しようにも、俺たちは連中の無線から締め出されている。だから、あんたらに話したんだ」

「自分らも彼らの無線は聞けません」

「同じ刑事部なのに？」

「彼ら今、署活系を使っていますので……」

「現場じゃ俺たち自ら隊がSITに声をかけられるような雰囲気じゃないしな……」

「地域系でも方面系でもいいから、無線で報告するとか……」

吾妻がしばし考え込んでから言った。

「しょうがねえ。ちょっとSITに声をかけてくるか……」

高丸が言った。

「自分もいっしょに行きます」

縞長は動こうとしない。おそらく増田と顔を合わせたくないのだ。

高丸は、吾妻とともに移動現場指揮車に向かった。近づくにつれて、ぴりぴりとした緊張感が伝わってくる。

吾妻が「声をかけられるような雰囲気じゃない」と言ったのが、なるほどと実感できる。

指揮車の外に立っている捜査員を見て、高丸は思わず溜め息をついた。増田だった。

増田は、高丸たちに気づいても知らんぷりだ。「おまえらなど眼中にない」と態度で示しているのだろう。

このまま引き返したくなったが、そういうわけにもいかない。

「知らせたいことがあるんだけど」

高丸が言っても、増田は聞こえない振りをしている。

高丸は同じ言葉を繰り返した。

「うるせえな」

増田が言った。「無線での指示を待ってるんだ。静かにしろ」

吾妻が高丸に言った。

「ほらな。知らせようとしても、無駄なんだよ」

増田が面倒臭そうに言った。

「何だよ。知らせたいことって……」

吾妻が言った。

「俺の相棒が、ここに逃げ込む前の内田を見かけたんだ」

増田が怪訝そうな顔で吾妻を見る。

「内田を見た……?」

「中目黒駅前で、誰かと立ち話をしていた。そして、互いに持っていたリュックを交換したというんだ」

「そりゃあ、何の話だ?」

「内田が誰と会って、何を交換したのか、気にならないのか？」

「内田は今、この建築中の建物の中にいる。人質を取ってな。俺たちの最優先事項は、人質を無事に解放させることと、内田を確保することだ。内田がここに来るまでに、どこで何をしようと関係ない。ＳＩＴは、常に今目の前で起きていることに対処しなけりゃならないんだ。過去のことは問題じゃない。さあ、わかったら、邪魔だから、あっちに行ってろ」

「いいんだな？　このまま行っちゃって……」

吾妻が確認するように言うと、増田は片手をひらひらと振ってみせた。

「捜査の邪魔をするなと言ってるだろう」

吾妻が高丸に言った。

「……ということだ。行こうか」

これでいいのだろうかと、高丸は思った。だが、増田にこれ以上何か言う気になれなかった。

吾妻はすでにパトカーのほうに戻ろうとしている。それを追おうとして、高丸は指揮車の向こうに、世田谷署の越前係長がいるのに気づいた。

「ちょっと待ってください」

高丸は吾妻に言った。吾妻が立ち止まる。

「何だ？」

「所轄にも知らせておきましょう」

「あんた、律儀《りちぎ》だな」

「律儀とか、そういう問題じゃないと思いますけど……」

高丸が、越前係長のほうに歩き出すと、吾妻がついてきた。

越前係長は、周囲を固めている係員たちと無線で連絡を取っているらしい。

高丸が声をかけた。

「係長。お耳に入れておきたいことがあります」

越前係長が驚いたように言う。

「え？　機捜さん、まだいたのか。そっちは？」

「自ら隊です。目撃情報があります」

「目撃情報……？」

吾妻が、増田に言ったことを繰り返した。話を聞き終えると、越前係長は言った。

「そういうことは、特殊班に言ってくれよ」

高丸は言った。

「言いました。しかし、相手にしてもらえませんでした」

補足するように、吾妻が言った。

「ＳＩＴは、今目の前で起きていることが一番重要なんだそうです」

「そりゃそうだよ」

越前係長が言う。「目の前に、人質を取った立てこもり犯がいるんだ。彼らはそれを解決しなけりゃならない。失敗は許されないんだ」

吾妻が言った。

「そりゃわかりますが……」

越前係長が少しばかり声を落とした。

「俺たち所轄も、彼らの指揮下に入るしかない。パシリみたいなもんだ。勝手なことは許されないんだ」

吾妻がうなずいた。

「たしかに、自分らの出る幕はなさそうですね。では、これで失礼します」

越前係長がうなずいたので、高丸と吾妻はその場を離れた。


機捜車のそばに戻ると、吾妻が言った。

「……で、これからどうする？」

高丸は考えた。

「班長は、帰れと言ってます。実は、自分ら明け番なんで……」

「そりゃあたいへんだ。じゃあ、帰宅だな」

「ところが、さっきも言ったとおり、帰りたくないんです。シマさんとそんな話をしていました」

「シマさん……？　ああ、相棒か」

「自分らが、この立てこもり事件を起こしたようなものなので……」

「ほう……。責任を感じているのか」

「そして、さっきのあいつに、邪魔者扱いされて、ちょっと頭に来てまして……」

「さっきのあいつ？」

「SITのやつです。増田っていうらしいんですけど……。あいつは昔、シマさんといっしょに所轄の刑事をやってたんですが、シマさんを役立たず呼ばわりなんです」

吾妻が大声で森田を呼んだ。

森田がすぐにパトカーからやってきた。

「おまえ、このあとも付き合えるか？」

「は……？　いや……、吾妻さんにそう言われたら断れないでしょう」

吾妻は高丸に言った。

「俺たち、第一当番なんで、夕方で勤務が終わってるんだ」

高丸は聞き返した。

「それで……？」

「自由な時間は、あんたに付き合えるということだ」

「自分に付き合うって、どういうことですか？」

「とにかくさ……」

吾妻は、高丸と森田の顔を順に見て言った。「中目黒の駅前で、内田が何をしていたのか、調べてみよう」

機捜車の助手席のドアが開いて、縞長が顔を出した。

「コンビニでも、何をしていたのか、気になるねえ」

高丸は縞長に言った。

「話を聞いていたの？」

「そりゃ聞こえるよ」

吾妻が縞長に尋ねた。

「コンビニで何をしてたかって、どういうことです？」

「内田は中目黒の駅前で誰かと会って、荷物を交換した。ただ知り合いと会っていたとは思えない」

「そうですね」

吾妻が応じた。「当然、何か犯罪に関わることをしていたと考えるべきでしょう」

「そういう場合、すぐに立ち去るはずだ。彼は、駅にいた。なのに電車に乗らずに、そこから歩いて十分ほどのコンビニにやってきた。その行動が腑《ふ》に落ちないいんだ」

吾妻がうなずいた。

「わかりました。取りあえず、防犯カメラの映像を当たってみますか」

高丸は言った。

「……と言っても、令状もないしなあ……」

「やるだけやってみるさ」

縞長が言った。

「さて、それじゃあ、中目黒駅に行ってみようか」

「その前に……」

吾妻が言う。「俺たちは、パトカーを戻さなければならない」

高丸は尋ねた。

「ベースは新宿ですか？」

「そうだ。そこで、日報を書いて制服から私服に着替える」

縞長が高丸に言った。

「私たちも、機捜車を返さなけりゃならないな」

高丸は吾妻に言った。

「自分らは渋谷分駐所です」

吾妻が時計を見た。

「もうじき二十時だ。夕飯を済ませて、中目黒駅に二十一時集合でどうだ？」

高丸はこたえた。

「了解です」

「無線がないので、携帯電話の番号を交換しておこう」

四人は番号を登録し合い、それぞれ機捜車とパトカーに戻った。

渋谷署の駐車場に機捜車を入れて、分駐所には顔を出さず、そのまま食事に出かけた。

早飯は警察官の特技の一つだが、こういうときに役に立つ。

東横線《とうよこ》で中目黒に向かい、午後八時五十分に到着した。

駅の事務所を訪ねるのだから改札を出る必要はない。構内で吾妻たちを待つことにした。

高丸は縞長に言った。

「ここで、別の指名手配犯を見つけたりしないでよ」

「駅の人混みの中にいると、つい捜してしまうな……」

「今はその能力を封印してほしいね」

「すまんな」

「何が？」

「内田を取り逃がしたことも、増田のことも……」

「別にシマさんが謝ることはない」

「私と増田のことがなければ、高丸はもう自宅でテレビでも見ていたかもしれない」

そのとき、電話が振動した。

「はい、高丸」

「吾妻だ。今、駅に着いた。どこにいる？」

「エスカレーターの下にいます」

「すぐに行く」

現れた吾妻と森田は、ノーネクタイだが紺色のスーツ姿だった。

ちょっと意外だったので、高丸は言った。

「私服って、スーツなんですか？」

吾妻が言う。

「地域部の通勤は背広だよ。どうだ？　刑事に見えるんじゃないか？」

縞長もスーツ姿だ。

「自分だけ、釣りに行くような恰好ですね」

吾妻が笑った。

「そういう刑事もいるさ。さて、駅員に話を聞きに行こうか」

四人は駅事務所に向かった。

7

一階の事務所にいたのは、若い駅員だった。

「内田繁之……？　誰です、それ……」

四人もの私服警察官が事務所にやってきて、その駅員はすっかり驚いた様子だった。

高丸は言った。

「指名手配犯です。かつて爆破事件を起こした……」

「爆破事件……」

「その内田が、午後五時過ぎに、この駅で誰かと立ち話をしていたというんですが……」

「いやあ……」

駅員は、すっかり戸惑った様子だ。「そんなことを言われても……」

「この人物なんですが……」

高丸は、内田の画像を表示したスマートフォンを彼に見せた。それを手に取り、しげしげと眺めて言った。

「無理ですよ。一日に何人が乗り降りすると思ってるんですか……」

「記憶にないということですね？」

「ありませんね」

「他の駅員の方にも、お話をうかがいたいんですが……」

「ホームにいる者は、電車が来るたびに安全確認をしなければならないんです。電車はひっきりなしに来るから、話を聞くのは無理だと思います」

すると、吾妻が言った。

「防犯カメラの映像を見せていただけませんか？」

「いや、それは……」

駅員は渋った。「令状はあるんですか？」

吾妻は高丸を見た。高丸は縞長を見た。

縞長が言った。

「今、人質を取った立てこもり事件が起きているのはご存じですか？」

駅員がこたえる。

「ああ、そうみたいですね。本社から連絡がありました」

「立てこもっているのが、今お話しした内田繁之なんです」

「あ、そうなんですか？」

「人質の命がかかっています。すぐにでも映像を確認したいんです。なんとかなりませんか？」

駅員はしばし考え込んでからこたえた。

「今ここでご覧になるだけなら……」

縞長がうなずく。

「それでけっこうです」

「じゃあ、こっちに来てください」

駅員に案内されて、事務所の奥に進む。スチールデスクの上にノートパソコンがあり、駅員がそれを操作した。

「今日の午後五時過ぎですね」

画面上に表示されている時刻を確認しながら、操作を続ける。

「このあたりからで、いいでしょうか」

高丸たち四人は画面に見入った。画面の中を多くの人が行き交っている。カメラは駅の内側から、改札のほうに向けられている。

改札を通る人たちが映し出される。その向こうに歩道が見えている。

「ええと……」

森田が言った。「内田は映っていないと思います」

「え……」

高丸は尋ねた。「どういうことだ？」

「彼がいたのは、もっとこっちのほうですね」

森田は画面の右端を指さし、さらにその指をフレームの外に持っていった。

「なるほど……」

縞長が言う。「防犯カメラの死角にいたということだな。内田ならそれくらいの用心はするだろうな……」

高丸は駅員に尋ねた。

「他に防犯カメラはありませんか？」

「ホームにはありますが……」

吾妻が渋い顔になる。

「ホームの映像から彼らを捜すのは時間がかかるな」

縞長が言う。

「二人が落ち合う前だと、内田の相手を見つけるのは難しいね。電車は利用しなかった可能性もあるしね……」

高丸は脱力感を覚えた。

「防犯カメラは空振りですかね……」

「いや……」

縞長が言った。「そうでもない」

高丸は尋ねた。

「誰か見つけたんですか?」

「いや、そうじゃないが……。映像を止めてください」

駅員がパソコンを操作すると、縞長は静止画面を見つめた。そして、画面の上端を指さした。

「これだよ」

改札の向こうに歩道があり、さらにその向こうにわずかに車道が見えている。縞長が指さしたところを凝視していた高丸は言った。

「車のバンパーですね」

縞長がうなずく。

「どうやらタクシーのようだ。辛うじて、ナンバーの四桁の数字が見て取れる」

森田がそれをメモしている。

駅員に礼を言って事務所を出ると、吾妻が言った。

「タクシー会社が特定できて、車が見つかれば、ドライブレコーダーに何か映っているかもしれない。そういうことですね?」

縞長がうなずいた。

「一か八かだがね……」

高丸は言った。

「機捜車の端末なら、ナンバーからすぐに車を特定できるんだけど……」

吾妻が言う。

「自ら隊のパトカーだって同じだよ。おい、森田。誰かに電話して調べてもらえ」

「はい」

森田が携帯電話を取り出して、誰かと連絡を取る。しばらくして森田は、タクシー会社と営業所を、三人に告げた。

営業所は碑文谷五丁目にあった。東横線の学芸大学駅《がくげいだいがく》と都立大学駅《とりつだいがく》のちょうど中間のあたりだ。四人はすぐにホームに向かい、やってきた下り電車に乗った。


タクシーの営業所に着いたのは、午後九時五十五分のことだ。従業員に事情を話し、車のナンバーを伝えた。

「ああ、その車両なら、営業中ですね。無線で呼んでみましょう」

高丸は頭を下げた。

「お願いします」

返事はすぐにあった。十分で戻ると言う。

タクシー営業所の従業員は、四十代前半の男性だ。彼が縞長を見ながら言った。

「しかし、うまいこと、ドライブレコーダーに何か映ってますかね……」

やはり、一番年上の縞長が責任者だと思うらしい。

縞長がこたえた。

「今日はツイているんで、きっとだいじょうぶです」

それを聞きながら、高丸は思った。

明け番なのに、張り込みの手伝いを引き当て、対象者を見つけ、その帰りに内田を発見した。たしかに、たいしたツキだ。

営業所内に飲み物の自動販売機があり、吾妻が缶コーヒーを買った。自分だけが飲むのかと思ったら、四人分だった。タクシーが戻ってくるのを待つ間、高丸はありがたくそれを飲んだ。

出入り口に、かなり高齢の男性が現れた。白いシャツに紺色のズボンだ。従業員が言った。

「ああ、彼が例の車両の運転手ですよ」

高丸が彼に言った。

「今日の午後、中目黒駅の前に停まっていましたね?」

「ドライブレコーダーを見たいんだって？」

「そうなんです」

「時間が経《た》つと映像は上書きされちゃうから、残っているかどうか……」

「見せていただけますか？」

「ああ。データを持ってきたよ。事務所のパソコンで見るといい」

彼は、マイクロSDカードを差し出した。

従業員が言う。

「ああ、それをこっちにいただければ、パソコンで再生しますよ」

運転手は従業員にマイクロSDカードを手渡した。再生が開始されると、画面を覗いていた吾妻が言った。

「かなり広角で映ってるな。これは期待できるんじゃないか」

森田が言った。

「あ、内田がいたのは、このあたりです」

高丸が従業員に言った。

「午後五時頃の映像を出してもらえますか？」

「午後五時頃ですね。上書きされていないといいんですが……」

三十分ほどの単位で映像ファイルが分割されており、古いファイルが消えていく。従業員が言った。

「あ、ぎりぎり残ってますね」

映像が再生される。高丸たち四人は、無言で画面を見つめていた。

森田が言った。

「あ、彼です。自分が見たのは……」

アーミー風のジャケットを着て、リュックを手に持った男が見て取れる。

縞長が言う。

「間違いない。内田だ」

しばらくすると、一人の男が内田に近づいた。彼らは言葉を交わしているように見える。

そして、互いに手にしていたリュックを交換した。

その後、二人はフレームアウトした。

高丸が縞長に言った。

「決定的な瞬間ですね」

「ああ、森田君のお手柄だね」

従業員が言った。

「お役に立てましたか」

高丸が言った。

「このマイクロSDをお預かりできませんか？」

従業員は一瞬、戸惑ったような表情になった。

「ええと、それは……」

それから彼は、立ち尽くしている運転手に言った。「どうする？　レコーダーを回しておかないとまずいよね」

運転手がこたえる。

「新しいカードを入れておくよ。捜査に必要なんだろう？　いいじゃないか」

また、令状がなければだめだ、などと言われるのではないかと、高丸はひやひやしていた。

従業員はパソコンから取り外したマイクロSDカードを縞長に向かって差し出した。

「持っていってください。その代わり、違反を大目に見てもらいますよ」

縞長がこたえる。

「交通課じゃないんで、何とも言えませんが……」

「冗談ですよ」

営業所を出ると、吾妻が言った。

「さて、内田が誰かと会っていたことは明らかになったが、問題は相手が誰かということだ」

その言葉を受けて、高丸は縞長に言った。

「人相に心当たりは？」

縞長がかぶりを振った。

「いや、指名手配犯ではないと思う」

高丸は、荷物を交換したことが気になっていた。

「何のために、リュックを取り替えたんだろう……」

高丸の言葉に、吾妻がこたえた。

「それだよ。中身はいったい何だろうな」

縞長が言った。

「世田谷署の越前係長が言ってたな。内田はもしかしたら、爆発物を持っているかもしれない、と……」

「ああ」

高丸はこたえた。「そうだったね。だから、ＳＩＴも、より慎重になっているんだろうが……」

縞長が思案顔で言う。

「今、内田は爆発物を持っていないんじゃないかね」

「どういうこと？」

「リュックだよ」

「誰かと交換したよね……」

「つまり、内田は誰かに爆発物の入ったリュックを手渡した、ということなんじゃないか。代わりに受け取ったリュックの中には、金が入っていたのかもしれない」

吾妻が言った。

「爆弾作りを請け負ったということかな……」

それに縞長がこたえる。

「でなければ、わざわざ荷物の交換などしないんじゃないのか？」

「待ってよ」

高丸は言った。「じゃあ、内田は爆発物を持っていないけど、別に持っているやつがいるということだよね」

縞長がうなずく。

「そいつは何かを計画しているかもしれない」

「何か……？」

「じゃなきゃ、爆弾を入手しようなんて思わないだろう」

吾妻が言った。

「内田が会っていた人物を特定しなけりゃならないな」

「急がなきゃ」

高丸は吾妻に言った。「爆弾がいつどこで爆発するかわからないんです」

「しかしなあ……」

吾妻が考え込む。「この四人で何ができる」

高丸は言った。

「できるかどうかじゃなくて、やらなくちゃ」

「無茶言うなよ」

吾妻が顔をしかめる。「できないことはできないんだよ」

「だがね……」

縞長が言う。「放っておくわけにはいかないだろう」

吾妻が再び、むっつりと考え込んでから言った。

「じゃあ、また現場に戻ってSITに伝えるか？」

高丸はかぶりを振った。

「今、彼らは手一杯で、俺たちの話なんて聞いてくれませんよ。目の前に、人質を取った立てこもり犯がいるんですから……」

「じゃあ、SITじゃなくて、別の誰かに相談しなくちゃな。おたくの班長はどうだ？」

高丸は眉をひそめた。

「徳田班長ですか？」

「あんたらは、俺たちと違って刑事部だ。俺たちの上司に相談するより話が早いだろう」

徳田班長は何と言うだろう。高丸たちは無断で行動している。徳田班長は、そのことをとがめるかもしれない。

梅原に続いて高丸や縞長が謹慎などということになったら、徳田班は回らなくなる。

高丸が考え込んでいると、縞長が言った。

「時間を無駄にするわけにはいかない。手に負えないことは上司に相談する。そのために上司がいるんだ」

高丸は言った。

「そりゃそうだけど……」

「私が電話しようか」

高丸は溜め息をついた。

「いや、俺が連絡する。いちおう、ペア長だからな」

高丸は覚悟を決めて携帯電話を取り出した。呼び出し音五回で徳田班長が出た。

「どうした？」

「あ、すいません。実は、あれからちょっと調べていたことがありまして……」

「あれからというのは、何のことだ？」

「内田が立てこもった現場から引きあげた後のことです」

「おまえは、何を言ってるんだ？」

「自ら隊の隊員が、内田を見たと言うんです。自分らが彼らを見つける前のことです。内田は中目黒駅前で、誰かと会って互いに持っていたリュックを交換したんです」

しばらく無言の間があった。徳田班長は考えているのだろうと、高丸は思って言葉を続けた。

「内田とその男が会っているところの映像を入手しました」

「映像？　防犯カメラか？」

「タクシーのドライブレコーダーです」

徳田班長はまた無言になった。

言うことがなくなり、高丸も無言になった。

やがて、徳田班長が言った。

「分駐所に来い」

「え？　班長はまだ、分駐所なんですか？」

「自宅にいるが、俺もこれから向かう」

「了解しました」

電話が切れたので、高丸は徳田班長の言葉をみんなに伝えた。

吾妻が言った。

「俺たちも行くのか？」

高丸はこたえた。

「いっしょに捜査しているんですから、来てもらわないと……」

縞長が時計を見て言った。

「十一時だな。じゃあ、四人で行こうか」

高丸が縞長に尋ねる。

「電車で行くの？　時間が惜しいよ」

縞長が思い出したように言った。

「そうか。ここはタクシーの営業所だったたな」

ドライブレコーダーの映像を提供してくれた運転手のタクシーに、四人が乗り込み、渋谷に向かった。

「立てこもり事件、どうなったのかな……」

高丸が言うと、運転手がこたえた。

「まだ解決していないみたいですよ」

高丸は、スマートフォンでネットニュースを見た。運転手が言うとおり、解決したという記事はまだなかった。

道は空《す》いており、渋谷署に到着したのは、午後十一時二十分だった。まっすぐ分駐所に向かう。

機捜231の篠原と大久保がいた。密行の休憩時間らしい。

「あれ……？　帰ったんじゃないの？　非番だろう」

警部補の篠原に言われて、高丸はこたえた。

「ちょっと、事情がありまして……。徳田班長と待ち合わせです」

「え？　班長、来るの？」

「こちらに向かっているそうです」

大久保が言った。

「何かやったんですか？」

「人聞きが悪いな」

篠原が尋ねる。

「そちらの二人は？」

「自ら隊の吾妻さんと森田君。梅原の恩人です」

「そうか。話は聞いた。あなたがたが……」

そのとき、大久保が「あっ」と声を上げた。みんなが彼女に注目する。

「森田君？　見覚えがあると思ったら、私と同期よね」

「ええ。大久保実乃里さんですね。班は違ったけど、自分はすぐにわかりましたよ」

篠原が大久保に言う。

「なんだ？　おまえ、そんなに印象に残ったのかな？」

「女子が少ないというだけのことです」

そこに徳田班長がやってきた。

高丸は、いつになく緊張した。

徳田班長が、吾妻と森田を見てから、高丸に言った。

「詳しく話を聞こうか」

8

高丸たち四人は、班長席の脇に並んで立った。篠原と大久保は、少し離れた場所にいるが、充分に話が聞こえる距離だった。

高丸は、森田が目撃したことから始まり、中目黒駅で防犯カメラの映像をチェックし、そこからタクシーのドライブレコーダーの映像を確認し、その記録メディアを入手したことを説明した。

話を聞き終えると、徳田班長が言った。

「何のために、それぞれの部署の分掌があるかわかっているのか?」

高丸はさらに緊張してこたえた。

「それは理解しているつもりです」

「ならば、どうして余計なことをする?」

「それは……」

高丸が言葉に詰まると、吾妻が言った。

「たしかに余計なことですねえ……」

それは、独り言のような口調だった。独り言だとしても、上司の前で許される発言ではない。

高丸は縮み上がる思いだった。この人は、徳田班長の怖さを知らないんだ……。

徳田が吾妻に言った。

「何か、言いたいことがあるのか?」

「いえ。自分も同感であります」

「同意しているような口調ではなかったな。言いたいことがあるのなら、言えばいい」

「ならば、申しあげます。中目黒で内田が誰かと会っていたようだという情報を、高丸はまず第一に、SITに知らせようとしました。さらに、所轄の係長にも知らせたんです。でも、SITの隊員は相手にしてくれないし、所轄の係長はSITの指揮下にいるので、自分にはどうしようもないと言ったんです。つまり、高丸はしかるべき手続きを踏んだ上で、止《や》むに止まれず、余計なことをしているわけです」

そして、付け加えるように言った。「そして、自分らもその余計なことに手を貸しているわけですが……」

こういうときは決して前に出たがらない縞長が、珍しく発言した。

「世田谷署の越前係長は、立てこもっている内田が爆発物を持っているかもしれないと言いました。でもね、爆発物を持っているのは、内田じゃなくて、中目黒でやつが会っていた男かもしれないんです。その男は今どこかに爆弾を仕掛けているかもしれません。それを捜査することが余計なことだと言うのなら、どうすれば余計なことではなくなるのか教えてほしいですね」

おとなしい縞長が、徳田班長にこんな言い方をするのを、高丸は初めて聞いた。すっかり驚いていた。徳田班長より十歳以上年上の縞長でなければ言えないことだ。

さすがの徳田班長も、少々驚いた様子だった。

さらに、吾妻が言った。

「やりたくて余計なことをしているわけじゃないんです。誰かがやらなきゃ、どこかで爆発が起きるかもしれないんです」

「わかった」

徳田班長が言った。「余計なことだというのは撤回する」

それから、徳田班長は縞長を見て言葉を続けた。「内田と会っていた男が爆発物を持っているという話は本当ですか？」

縞長がこたえた。

「もちろん確認が取れている話じゃありません。でも、可能性は高いと思いますね」

彼はどこかきまり悪そうだった。先ほど、少々興奮したことを恥じているのだろう。

徳田班長がさらに尋ねる。

「根拠は？」

「二人がリュックを交換したことです。内田は爆発物を作ることができる。それを何かと交換で誰かに手渡したと考えるのが自然でしょう」

「何か……？」

「爆発物の対価となるものです。金かもしれません」

「わかった。ちょっと待ってくれ」

徳田班長は机上の警察電話の受話器を取った。電話の相手は、どうやら第二機動捜査隊長のようだ。

だんだん話がでかくなるな……。

高丸はそんなことを考えていた。四人では手に余る事案であることは間違いない。そして、ちゃんと捜査態勢を整えようとすれば、上の人に話を通さなければならないのだ。

理屈ではそれがわかるが、実際に二機捜隊長が電話に出ていると思うと、なんだか萎《い》縮《しゅく》してしまう。

徳田班長は、あくまで冷静に淡々と高丸たちから聞いた話を伝えている。

やがて、電話を切ると、徳田班長が言った。

「二機捜隊長が、自宅からここに向かうそうだ」

「え……」

高丸は、思わず声を上げた。「隊長が、ですか……」

警視の新堀陽一《しんぼりよういち》隊長は、高丸からすれば雲の上の人だ。普段、新宿署十階の第二機動捜査隊本部にいて、高丸たちは滅多に会うことがない。

縞長が戸惑ったように言う。

「私らが、本部に行くんじゃなくて、隊長が分駐所に来られるというのですか……」

徳田班長がこたえた。

「隊長は、そういう人だ」

高丸には、「そういう人」の意味が、わからなかった。

徳田班長が、続けて言った。

「話を聞いて、緊急事態であることがわかった。隊長が来るとなれば、おまえたちも帰れないから覚悟を決めろ」

高丸はこたえた。

「もとより、そのつもりです」

徳田班長が、縞長に言った。

「きつかったら言ってください」

高齢なので気づかっているのだ。縞長がこたえた。

「慣れてるから平気です。これくらいのことがつとまらないのなら、警察官を辞めます」

徳田班長が高丸に尋ねた。

「野沢《のざわ》一丁目の件は、どの程度把握している?」

かつて明薬通りと呼ばれていた世田谷観音通りの立てこもり事件のことだ。

高丸はこたえた。

「まだ解決していないことは、ネットニュースで確認しましたが、状況については、ほとんど知らないも同然です」

「詳しいことは俺も知らない。特殊班は、情報を外に洩らさない。情報を洩らすことで、いろいろなところに危険が及ぶからだ」

「あのお……」

少しばかり離れたところで、話を聞いていた篠原が言った。「自分ら、そろそろ密行に出るんですが、ナンなら、現場の様子を見てきましょうか？」

高丸たちは振り向いて、篠原と大久保を見た。

篠原が補足するように、言葉を続けた。

「現場に行けば、どんな状況かわかるでしょうし……」

徳田班長が言った。

「そうだな。そうしてもらおうか」

篠原がうなずく。

「では、行ってきます」

高丸は篠原に言った。

「現場では、ＳＩＴの連中に気をつけてください。俺たちを邪魔者扱いしますから……」

徳田班長が言う。

「些細《ささい》な失敗も、人質の命に関わる。だから、現場の特殊班は必死だ。連中の足を引っぱるようなことはするな」

「了解です」

篠原と大久保が出ていった。

そりゃあ、隊長がやってくるところにいたくはないよなあ……。

高丸はそんなことを思っていた。

徳田班長が四人に言った。

「隊長が来る前に、入手した映像を見ておこう」

高丸は、いつも使っているノートパソコンを持ってきて、マイクロSDカードをセットした。

映像ソフトを立ち上げて、ドライブレコーダーの映像を再生する。画面に時刻が記録されているので、すぐに内田たち二人の姿を確認することができた。

静止画像を見つめて徳田班長が確認するように言う。

「何者か不明なのだな」

高丸はこたえた。

「縞長さんは、指名手配犯ではないだろうと言っています」

徳田班長はうなずいてから言った。

「年齢は三十代後半から四十代前半というところだな。やせ型で背は高くない。髪が長めで頬骨《ほおぼね》が目立つ……」

的確に特徴を指摘していく。高丸は静止画像を見つめて、その特徴を確認していった。

縞長が言った。

「指名手配犯でなくても、警察に記録が残っているかもしれない。当たってみよう」

たしかに、過去の犯罪歴があるかもしれない。

吾妻が言った。

「こいつが、二人を目撃しているんです」

こいつというのは森田のことだ。

「あ、そうなんです」

高丸は徳田班長に言った。「最初に、内田が誰かと会っていたと気づいたのは、森田君だったんです」

徳田班長が森田に言った。

「どんな様子だった？」

「ええと……。その映像で見たとおりですが……」

「映像では伝わらないものがあるだろう。見たときの印象を教えてくれ」

「共感を感じました」

「共感……？」

「はい。何というか……、ただ取引をするというような感じではなく、互いに熱いものを共有しているという感じで……。二人ともにこりともしないんですけど、しっかり眼を見合っていました」

吾妻が言う。

「こいつの観察眼はばかにならないんです。ちょっと思い込みが過剰気味ですけどね」

縞長が言った。

「優秀な見当たり捜査員になれそうだな」

徳田班長が言った。

「では、その二人は初対面ではないということだろうか……」

森田がこたえる。

「初対面かどうかはわかりませんが、何か関係があることは確かだと思います」

「わかった」

徳田班長が言った。「その他に補足しておくことは……？」

すると、縞長が言った。

「補足というほどではないのですが、ちょっと気になっていることがありまして……」

「何です？」

「内田が、コンビニで何をしていたか……」

「なぜ気になるんです？」

「第一に、我々が内田を発見したコンビニと中目黒駅の距離です。歩いて十分ほどもある。そんなところに、どうしてわざわざ行ったのか……。駅からそのコンビニに行く途中に、別のコンビニがいくつもあるんです」

「たしかに妙だと思います」

高丸は言った。「内田は中目黒駅の前で誰かと会ってリュックを交換しました。それで目的は果たしたはずです。だったら、ぐずぐずしていないで、そのあたりから離れるべきでしょう。落ち合った場所が駅なんだから、普通なら、すぐに電車に乗って中目黒を離れることを考えるんじゃないでしょうか」

縞長が言う。

「ただの買い物で立ち寄ったとは考えられないんですよ」

徳田班長が言った。

「何のためにコンビニに立ち寄ったんだと思う？」

縞長がこたえた。

「やはり、誰かと待ち合わせをしたんじゃないでしょうか」

「そのコンビニは調べたんですか？」

「いえ、まだです。この内田の映像を入手するのが精一杯でして……」

吾妻が言った。

「自分らが行ってきましょうか？」

徳田班長はかぶりを振った。

「とにかく、隊長の到着を待とう」

「やっぱり、自分らもいなきゃなりませんか？」

「高丸たちといっしょに行動したんだろう？」

「そりゃそうですが、機捜の隊長って偉いんですよね」

「警視だからな。本部の課長や管理官クラスだ」

「偉い人は苦手なんで……」

徳田班長はにこりともしない。

「場合によっては、君ら二人も隊長の指揮下に入ってもらうかもしれない」

「明日、夜勤なんですが……」

「そういうことは、隊長が調整する。自ら隊本部に話をしてくれるはずだ」

「すべて隊長次第ということですね？」

「そうだ」

そう言うと、徳田班長は着席した。

高丸と縞長も自分の席に座った。吾妻と森田には、適当に空いている席に座ってもらった。

縞長はさっそく、内田が会っていた男についてパソコンや電話を駆使して調べはじめた。

吾妻が小声で高丸に尋ねた。

「隊長って、どういう人なんだ？」

「いや、自分らも滅多に会うことはないんで、よく知りません」

それは本当のことだった。高丸たちは渋谷分駐所で仕事をしており、新宿署の第二機動捜査隊本部に行くことはほとんどない。

その新堀陽一隊長が分駐所に現れたのは、日付が変わった午前一時頃のことだった。

徳田班長以下全員が起立した。

新堀隊長は制服ではなく、紺色のスーツ姿だった。ノーネクタイだ。

「ああ、いちいち立たなくたっていいって。ええと、どこに座ればいい？」

声が大きくて、早口だ。

徳田班長が言った。

「こちらへどうぞ」

班長席をあけた。

新堀隊長が、そこに腰を下ろす。

「みんな、座ってよ。さて、改めて話を聞こうか」

高丸、縞長、吾妻、森田の四人は今まで座っていた席に着席する。徳田班長は、篠原の席に座ると、報告を始めた。

さすがに機捜の班長だ。これまで知り得た情報がすべて網羅された見事な報告だった。

話を聞き終えた新堀隊長が言った。

「SITの連中は、その話を知ってるのか？」

徳田班長が高丸を見た。

高丸は新堀隊長に言った。

「申しあげます」

「あ、緊急時だから、そういう前置きはいいからね」

「SITの隊員に知らせようとしましたが、取り合ってもらえませんでした」

「ああ、現場は取り込んでいるからね。連中の最優先事項は、目の前の立てこもり犯を検挙することだ。それで、四人で調べはじめたということか」

「申し訳ありません。出過ぎたことだったかもしれません」

「たしかに、巡査部長や巡査が判断することじゃない」

「はい……」

「だが、誰かがやらなきゃならなかった。そして一刻も猶予はない。その気持ちはわかる」

その言葉に、高丸は驚いていた。てっきり叱責されるものと思っていたのだ。

新堀隊長が続けて言った。

「その映像を見られるか？」

高丸はすぐにパソコンを持っていった。そして、内田が映っているところを再生し、さらに静止画にした。

「こいつ、何者かわかっていないんだな？」

縞長がこたえた。

「犯罪歴などを当たっていますが、まだ手がかりがありません」

「人相を見て感じるものがある。こいつ、ずぶの素人《しろうと》じゃない。必ず記録があるはずだ」

縞長がうなずく。

「はい。実はどこかで見かけたような気がするんです」

「縞長さんだったな。たしか、見当たり捜査班だったんだよな？」

「はい。しかし、こいつは指名手配犯ではありません。どこで見かけたのか……」

「内田と関係があるということは、公安に何か資料があるかもしれない。さて……」

新堀隊長が一同を見回す。「俺はこの件を、捜査一課長に知らせなければならない」

二機捜隊長が出てきて、さらに捜査一課長に話が行くという。こうなればもう、自分たちの出番はないなと、高丸は思った。

「だがね……」

新堀隊長の言葉が続く。「俺はこの件から手を引くつもりはない。みんなもそのつもりでいてくれ」

徳田班長が尋ねた。

「つまり、このメンバーで、このまま捜査を継続するということですね？」

「捜査一課から誰か出張《でば》ってくるだろうよ。向こうが主導権を取ろうとするかもしれない。だが、緊急性が高いし、端緒はこっちが握っている。このままこの面子《メンツ》で捜査を続けるのが一番効率がいい」

高丸は気分が高揚し、疲れを忘れた。

新堀隊長が来てから、分駐所内が一気に活気づいた。

9

田端守雄《たばたもりお》捜査一課長と連絡を取っていた新堀二機捜隊長が、電話を切って言った。

「すぐに話を聞きたいということだ。会いに行こう」

徳田班長がこたえた。

「警視庁本部ですか？」

「俺に一課長を呼び出せってのか。それにな、本部で一課長の到着を待っていたら遅くなる。官舎に向かう」

捜査一課長の官舎は目黒区の碑文谷だ。たしかに渋谷から向かえば、千代田区霞《かすみ》が関《せき》の本部庁舎で課長を待つよりずっと早い。

徳田班長が言った。

「了解しました。同行いたします」

「車、あるかい？」

「公用車じゃないんですか？」

新堀隊長が顔をしかめる。

「俺ごときに運転手付きの公用車があるわけないだろう」

いや、そんなはずはないと、高丸は思った。警視の隊長は、昼間は公用車で移動しているに違いない。夜中なので、利用をひかえているのだろう。

徳田班長が高丸に言った。

「235を出せ」

「了解しました」

つまり、高丸も捜査一課長官舎に行くということだ。

新堀隊長が、吾妻に言った。

「自ら隊の君にも来てもらおうか」

「自分もですか？」

「顔ぶれがバラエティーに富んでいるほうが、一課長へのアピールになるだろう」

「了解です」

徳田班長が言った。

「あとの者は、ここで待機だ。シマさん、頼みます」

縞長がそれにこたえる。

「承知しました」

新堀隊長が言った。

「さあ、田端課長が待っているぞ。すぐに行こう」


目黒区も高丸たちの担当区域なので、捜査一課長官舎の場所は知っていた。静まり返った住宅街に、一戸建ての家屋が二つ並んでいる。

片方が捜査一課長官舎で、もう片方は鑑識課長官舎だ。

鑑識課長が次の捜査一課長になることが多いので、異動になったら引っ越しをせずにそのまま鑑識課長官舎を捜査一課長官舎として使用する。

そして、それまで一課長官舎として使用していた家に、次の鑑識課長が入る。つまり、二つの家は交互に、一課長官舎と鑑識課長官舎として使用されるのだそうだ。

そんな話を聞いたことがあるが、下っ端の高丸には嘘《うそ》か本当かわからない。

官舎の前に車を停めると、助手席の吾妻がすぐに降りて、新堀隊長のために後部座席のドアを開けた。高丸は、徳田班長の側のドアを開けた。

二人が玄関に向かったので、高丸はどうしようか迷った。捜査一課長は新堀隊長より偉い警視正だ。高丸がおいそれと会える相手ではない。

だから、このまま運転手に徹して車で待つべきかと思ったのだ。吾妻もどうしていいかわからない様子で立ち尽くしている。

すると、新堀隊長の声が聞こえてきた。

「おい、二人とも何してるんだ。早く来い」

「はい」

高丸と吾妻は即座に新堀隊長たちのあとを追った。

田端捜査一課長は、玄関を入ってすぐの部屋で待っていた。そこには応接用のソファがある。記者を招き入れて話をする部屋があるということなので、ここのことだろうと高丸は思った。

捜査一課長とテーブルを挟んで向かい合い、新堀隊長が座った。徳田班長がその隣だ。空いている席がないので、高丸と吾妻は立ったままだった。

「それで……？」

田端捜査一課長が言った。「誰かが爆弾を持って都内をうろついているんだって？」

新堀隊長がこたえた。

「電話で言ったように、その恐れがありますね」

機捜の出る幕じゃない。そんなことを言われるのではないかと、高丸は不安だった。

「ボリさんや」

これは、新堀隊長のことらしい。「じゃあ、今起きている立てこもり事件は、いったい何なんだ？」

「ここに突っ立っている二人の片方は、うちの機捜235の乗員でして……。彼らが内田を発見して追走し、その結果偶発的に起きたことです」

田端課長が、高丸たちのほうを見た。それだけで身がすくむ思いだった。

田端課長が視線を新堀隊長に戻して言った。

「内田を発見した？　どうやって……」

再び田端課長が高丸たちのほうを見た。新堀隊長が高丸に言った。

「どうやって見つけたんだ？」

「は……」

高丸は口の中が乾いて、うまく声が出なかった。「発言してよろしいのでしょうか」

田端課長が言う。

「おう、聞きてえな。かまわねえから話してみな」

田端課長は時々、べらんめえ調でしゃべるという噂《うわさ》を聞いたことがある。本当のようだ。

高丸は気をつけをして説明した。

「自分の同乗者は縞長といいますが、彼はかつて見当たり捜査班におりまして、指名手配犯を見つけるのが得意なのです。彼が車内から内田を発見しました」

「見当たり捜査班か……」

田端課長が新堀隊長を見て言った。「それを機捜に引っぱったのは、ボリさんのアイディアだな」

「機捜の隊長なんて考えるのが仕事ですからね」

「じゃあ、内田は何か目的があって立てこもったわけじゃねえってことかい？」

「どうでしょう。立てこもり事件は偶発的だったかもしれませんが、そうなってしまってから、何か考えたのかもしれません」

「どういうことだい？」

「これだけの騒ぎを起こせば、陽動作戦になるでしょう」

「つまり、世間の眼が立てこもり事件に引き付けられて、爆弾を持った男が自由に行動できるってことか？」

「私が内田なら、そう考えますね」

「特殊犯捜査第一係の目的は、人質を無事に救出して、立てこもり事件を解決することだ。

爆弾を持った男が都内をうろついていても、それに対処はできねえな」

「ですから、こうして馳《は》せ参じたわけです」

田端課長が低くうなってから言った。

「現場の様子が知りてえな……」

徳田班長が言った。

「機捜231が様子を見に行っております。ここに呼ぶのは可能だと思いますが……」

田端課長の言葉に迷いはない。

「おう。すぐに呼べ」

徳田が、高丸を見た。言われなくても何をすべきかわかる。徳田班の阿吽《あうん》の呼吸だ。

高丸は携帯電話を取り出した。機捜231のハンドルを握るのは、大久保実乃里だ。だから、助手席にいる篠原に電話した。

「高丸か？　どうした？」

「野沢一丁目の現場へは行きましたか？」

「ああ。これから分駐所に報告に行こうかと思っていたところだ」

「分駐所じゃなくて、捜査一課長官舎に来てください。隊長や班長もいます」

「捜査一課長官舎だって……。いやあ、そいつはびびるな……」

「自分もそこにいるんです」

「しょうがねえ。これから向かう。十分で着く」

電話が切れたので、「十分で着く」という篠原の言葉を皆に伝えた。

「そっちも、機捜かい？」

田端課長が吾妻を見て言った。吾妻がこたえた。

「いえ。自分は、自ら隊です」

「なんで、自ら隊がいるんだ？」

その問いにこたえたのは、新堀隊長だった。

「内田が中目黒の駅前で誰かと会っていたのに気づいたのは、自ら隊だったんですよ」

「へえ……」

田端課長が吾妻に言った。「やるじゃねえか。刑事になる気はないかい？」

「いえ、自分は、パトカーが好きですから……」

田端課長が笑みを浮かべた。

「俺も、子供の頃パトカーに憧れたなあ。それで警察官になっちまった」

ほどなく、篠原と大久保が到着した。田端課長がすぐ尋ねた。

「おう、現場の様子はどうだ？」

篠原が気をつけをしてこたえた。

「ほとんど動きはありません。内田の携帯電話の番号が判明しましたので、かけ続けておりますが、出ないようです」

「人質の様子は？」

「不明です。犯人と一切連絡が取れておりませんので……」

田端課長が渋い顔になる。

「コンタクトが取れないんじゃ、交渉のしようもねえな……」

新堀隊長が言った。

「立てこもり犯はたいてい、電話には応じるものです。コンタクトを拒否するということは、内田はやはり陽動を考えているのかもしれません」

田端課長がうなずいた。

「わかった。態勢を組もう」

「どういう態勢です？」

「特別捜査班だ。特殊犯捜査第三係から一個班出す。それプラス、機捜と自ら隊だ」

新堀隊長が言った。

「では、私がキャップをやりましょう」

「二機捜はどうする？」

「副隊長に任せます」

「そうか。そのための副隊長だからな。俺も一課内部のことは理事官に任せっぱなしだ。

いいだろう。機捜が持ってきた話だ。ボリさんが仕切ってくれ」

「特殊班の連中はいつ来ますか？」

「すぐに行かせる。場所は渋谷分駐所か？」

「一個班何人ですか？」

「十人だ」

新堀隊長は徳田班長に言った。

「こっちは何人出せる？」

「機捜２３５の二名と、機捜２３１の三名。計五人です」

機捜２３１の三名ということは、徳田班長自身も特捜班に参加するということだ。

新堀隊長が言う。

「特殊班十人に、機捜が俺を入れて六人。それに自ら隊が二人……。十八人態勢ということになれば、渋谷分駐所では狭いな」

たしかに、分駐所内に特捜班の本部を置くスペースなどない。

田端課長が言った。

「俺が渋谷署に掛け合って、部屋を借りる。そこに詰めてくれ」

新堀隊長がうなずく。

「それは助かります」

「ところで……」

田端課長が尋ねた。「立てこもりの現場にいる特殊班の連中は、事情を知っているのかい？」

新堀隊長が言った。

「それについては、あの機捜隊員が知っているはずです」

新堀隊長が高丸を指さし、田端課長が視線を向けた。高丸は言った。

「自分は、何者かが内田から爆発物を受け取った恐れがあることを、ＳＩＴや所轄の強行犯係に伝えようとしましたが、その目的は果たせなかったように思われます」

「なぜだ？」

「ＳＩＴは目の前の立てこもり犯に対処するので精一杯の様子でした」

そのとき、吾妻が言った。

「はっきり、無視されたと言えばいいのに……」

「無視された？」

田端課長が聞き返した。「特殊班の誰かが報告を無視したということか？」

学校の先生に級友の告げ口をしているような気分になった。だが、ＳＩＴの増田の態度に腹を立てているのも事実だった。

高丸はこたえた。

「はい。無視されました。自分らは邪魔者扱いでした」

田端課長は、大きく一つ息を吐いてから言った。

「俺は、これから現場に行くぜ」

さすがの新堀隊長も驚いた様子だった。

「え……」

「機捜車が二台あるんだよな。足はあるってことだ。特殊班の連中と話をしなくちゃならねえ」

田端課長は、徳田班のフラッグシップである機捜２３１に乗るものと思っていた。だが、車内で打ち合わせをしたいということで、高丸が運転する機捜２３５に新堀隊長とともに乗り込んだ。

機捜２３５は、助手席に自ら隊の吾妻がいるが、後部座席が空いていた。機捜２３１は徳田班長を入れて乗員が三名なので、窮屈なのだ。

偉い人を二人後部座席に乗せた高丸は、えらく緊張をしていた。

機捜２３１が先導してくれる形で出発した。後部座席の声が聞こえてくる。田端課長が渋谷署の誰かに電話をしている様子だ。特捜班本部のために部屋を確保してくれと言っている。

電話を終えると、田端課長は新堀隊長に言った。

「所轄を使うなら世田谷署でしょう、なんて言いやがった。機捜が同居しているおめえのところを使いたいんだよって言ってやった」

「署長ですか？」

「そうだ。寝てるところを叩き起こされて機嫌が悪いんだ」

「納得してくれたんですね」

「大会議室を一つ押さえてくれた」

「現場の後、すぐに渋谷署に向かいます」

「ああ、そうしてくれ。おい、機捜隊員」

突然、呼びかけられて、高丸は驚いた。

「はい」

「せっかくの知らせを無視されたってことだが、そのときの経緯を詳しく知りてえ」

査察でも受けているような気分になった。

助手席の吾妻はすました顔で正面を見ている。こいつはなかなかたいしたタマだ。返答をしたのは、その吾妻だった。

「SITの捜査員に話をしたのは自分です」

「何を話した？」

「内田が中目黒の駅前で誰かと会って、リュックを交換したと……」

「相手は何と言った？」

「無線の指示を待っているところだから、邪魔をするなと言われました」

「それだけか？」

「内田が立てこもるまでどこで何をしていようと関係ない。ＳＩＴは常に目の前で起きていることに対処しなければならない。過去のことは問題じゃない。そう言っていました」

「それで……？」

「運転席にいる高丸が、世田谷署強行犯係の係長に声をかけ、自分が同じ話をしました。ですが、所轄は今、ＳＩＴの指揮下にあるのでどうしようもないということでした」

田端課長が舌打ちをするのが聞こえた。

「それじゃ解決するものも解決できねえじゃねえか……」

新堀隊長が言った。

「目の前に立てこもり犯がいるんだ。特殊班だっていっぱいいっぱいだったんですよ」

「そういうことじゃねえんだよ。目の前のことだけを片づけりゃいいってもんじゃねえ。全体が見えてねえと……」

「そのために、課長がいるんでしょう」

「違《ちげ》えねえ。だからこうして現場に行くんだ」

それきり二人は口を閉ざした。

高丸は、代わりに返答してくれた吾妻に感謝していた。

現場付近はマスコミや野次馬が集まっており、進むのもままならなくなった。高丸は吾妻に言った。

「拡声器を使ってくれ」

「任せろ」

吾妻がマイクを取り拡声器で呼びかけた。「緊急車両が通ります。道をあけてください」

ようやく車が進みはじめる。現場に到着したのは、午前二時十五分だった。

車を降りると高丸は、田端課長に言った。

「あそこに停まっているマイクロバスが、移動現場指揮車です」

田端課長はうなずくと、まっすぐにそこに向かった。新堀隊長もいっしょだったので、高丸は吾妻と顔を見合わせてから、二人を追った。

機捜231から徳田班長、篠原、大久保の三人が降りてくるのが見えた。

移動現場指揮車の外にいた捜査員が、田端課長に気づいて気をつけをした。驚愕《きょうがく》の表情だ。

「どんな様子だ?」

その捜査員は気をつけをしたままこたえた。

「現在、立てこもり犯の携帯電話に……」

「それは知っている。応答は？」

「まだありません」

「キャップを呼んでくれ」

「了解しました」

彼は即座に、マイクロバスのドアを叩いた。ドアが開き、捜査員が何事かを告げる。ほどなく、男が一人降りてきた。ＳＩＴという白い文字が入った防弾チョッキを身につけている。

彼は、田端課長を見ると、挙手の礼をした。

「特殊犯捜査第一係の葛木進《すすむ》係長だ」

背後からそう言う声が聞こえた。振り向くと、いつの間にかそこに徳田班長がいた。

高丸が慌てて場所をあけると、徳田班長が進み出て、高丸の横に立った。

田端課長が言った。

「葛木キャップ。犯人の応答がないらしいな。膠着《こうちゃく》状態か？」

「そう言っていいと思います」

「人質は？」

「まだ安否もわかっていません」

「そうか。ところで、内田がここに立てこもる前に、仲間と接触したという話は聞いたか?」

葛木係長は、わずかに表情を曇らせる。

「いいえ、聞いておりません。それは何の話ですか?」

10

田端課長が言った。

「内田は、ここに来る前に中目黒の駅前で、誰かと会ってリュックを交換したということだ」

葛木係長は、それを聞いただけで事態を悟ったようだ。

「どうして電話に出ないのか、ずっと気になっていたんです。時間稼ぎだったのかもしれません」

ものすごく頭の回転が速いということが、その一言でわかった。

田端課長がうなずく。

「キャップの言うとおり、陽動作戦だという可能性がある。だが、一方で、内田が爆発物を現時点も所持しているという恐れもある」

「内田と会っていた男の捜査は……？」

「こっちで態勢を組む。特殊犯捜査第三係に出張《でば》ってもらおうと思っている。あとは、機捜と自ら隊で、特捜班を組織する」

「機捜や自ら隊は必要ないと思いますが……」

「俺が現場にやってきたのは、そこんとこなんだよ」

「どういうことでしょう？」

「立て込んでいるときに言うことじゃねえかもしれねえがな、機捜や自ら隊の言うことをちゃんと聞いてりゃ、俺が未明に引っ張り出されることもなかったんだ」

「機捜や自ら隊の言うことをちゃんと聞いていれば……？」

「そこにいる機捜と自ら隊の隊員が、特殊班の捜査員や所轄の係長に話をしたらしいぜ。けど、無視されたそうだ」

葛木係長が、高丸たちのほうを見た。彼の表情は変わらない。

「リュックを誰かと交換したということが、もっと早い段階でわかっていたということですか？」

田端課長が吾妻に尋ねた。

「特殊班に話をしたのはいつ頃だ？」

「十九時四十分頃のことです」

田端課長が葛木係長に視線を戻して言った。

「……ということだ」

「至急調べます」

そのとき、吾妻が言った。

「たしか、増田という捜査員でしたよ」

田端課長と葛木係長が同時に吾妻のほうを見た。吾妻はやはり涼しい顔をしている。

葛木係長が、吾妻に尋ねた。

「話をした相手が増田だということか？」

吾妻がこたえる。

「そうです」

田端課長が言う。

「増田ってのは、葛木キャップの部下か？」

「そうです」

「調べる手間が省けたな」

「すぐに対処します」

「いや。わかりゃいいんだよ」

「他の部署はそれで済んでも、特殊班では済みません」

葛木係長が、近くにいた部下に、増田を連れてくるようにと命じた。その部下はすぐに駆けていき、しばらくして増田を連れて戻ってきた。

増田は、マイクロバスの前に高丸たちが集まっているのを、怪訝そうに見た。そしてその最前列にいるのが田端課長だと気づいて、目を丸くした。

「キャップ、何事ですか……」

不安げに問うた増田に対して、葛木係長が淡々と言った。

「すみやかにここから去り、本部で待機していろ」

「本部って、前線本部ですか？」

「警視庁本部だ。すぐに現場から離れろ」

「え……。いや、それは……」

「ここから出ていけと言ってるんだ」

葛木係長の口調は決して激しくはなかった。事務的なだけに、逆らうことを許さない冷ややかさを感じさせた。

増田は訳がわからない様子で、しばし葛木係長を見つめていたが、やがて踵《きびす》を返してその場を去っていった。言われたとおりに、警視庁本部に向かうのだろう。

この場面を縞長に見せてやりたかった。高丸は、そう思った。

田端課長が言った。

「葛木キャップ、邪魔したな。あとは頼んだぞ」

葛木係長が再び、挙手の礼をする。田端課長がその場を離れようとする。

新堀隊長が言った。

「官舎までお送りしましょう」

「いいよ。タクシーで帰る。時間を無駄にするな」

「規制線を一歩出たら、マスコミに囲まれますよ」

田端課長が渋い顔で考え込んだ。

新堀隊長が、徳田班長に言った。

「機捜車でお送りしてくれ」

徳田班長がそれを受けて言った。

「高丸。行ってくれ」

なんで俺なんだ、と思ったが、当然断るわけにはいかない。

「了解しました」

すると、吾妻が言った。

「俺も行くよ。助手席の乗員が必要だろう」

「そいつは助かるな」

それから高丸は田端課長に言った。

「機捜235へどうぞ。お送りします」

「おう、すまねえな」


ハイヤーの運転手と同じで、無言の客を送り届けるだけだ。高丸はそう思っていたが、意外なことに、田端課長が声をかけてきた。

「助手席の自ら隊は刑事になる気はねえってことだが、機捜なら捜査一課を目指してんだろうな」

まさか話しかけられると思っていなかった高丸は、うろたえた。

「は……？　あ、はい。おっしゃるとおりです」

「こいつは、いい仕事だぜ。おめえらがいなけりゃ、立てこもり事件にしか眼がいかなかった。立てこもりってのは一大事だからな。自ら隊の巡回と機捜の密行のおかげで、その裏に何かあるということがわかった」

褒《ほ》められているのだろうと思い、高丸は言った。

「恐縮です」

「恐縮なんぞしてねえで、いっそう励め。そして、出世しろ」

「出世ですか？」

「そうだ。俺は地方《じかた》だが、なんとか警視正まで登り詰めた。すると、見えるもんが違うんだ」

「見えるものが違う……」

「出世すりゃあ、部下が増える。発言力も増すし、決められることも多くなる。そうやって警察を動かしていくんだ。現場一筋って人もいるが、組織のことを考えりゃ優秀な人材はどんどん出世しなけりゃならねえんだ」

「はい……」

「やる気があるなら、捜査一課にこだわらず、どこでも見て歩くことだ。そして、必死に勉強して出世しろ。そうすりゃ、キャリアも怖くねえ」

高丸がどうこたえようかと思っていると、吾妻が言った。

「肝に銘じておきます」

捜査一課長官舎が近づいてきた。田端課長が言った。

「せっかくだから、あらためて二人の名前を聞いておこうか」

田端課長を官舎で降ろし、高丸たちは渋谷分駐所に向かった。その間、高丸も吾妻もほとんど口をきかなかった。

二人とも呆然《ぼうぜん》としていたのだ。課長から直接名前を尋ねられるというのは、高丸たち下っ端にとってはたいへんな名誉だった。

それだけではない。もしかしたら、いつか捜査一課に引っぱられるチャンスがやってくるかもしれない。名前を覚えてもらっているだけで、扱いが変わってくるということもある。

いや、ぬか喜びになるかもしれないので、あまり期待しないことだ。高丸は自分を戒めた。

そんなことより今は、内田が会っていた人物を特定し、その身柄を確保することに全力を傾けなければならない。

分駐所には、すでに徳田班長以下機捜２３１の乗員たちが到着していた。

分駐所に残っていた縞長たちは、徳田班長から特捜班について説明を受けたということだった。

高丸たちが到着すると、すぐに渋谷署の大会議室に移動が始まった。普段使っている端末を持ち、分駐所を出る。

大会議室では、新堀隊長が待っていた。隊長は立ったまま、すぐに徳田班長と何やら打ち合わせを始めた。

吾妻と森田もいっしょに大会議室にやってきたが、彼らはどうしていいかわからない様子で立ち尽くしていた。

それを見た新堀隊長が言った。

「自ら隊に連絡をして、君たちを特捜班に吸い上げる。どこに連絡すればいい？」

吾妻がこたえた。

「自分らは新宿分駐所におります」

「なんだ、新宿署か？　だったら、俺と同じじゃないか。分駐所に連絡しよう」

「えーと……」

吾妻が気まずそうに言った。「ですが、少々問題がありまして……」

「問題？　何だ？」

「お気づきかと思いますが、自分ら、越境してましまして……」

「越境……？」

新堀隊長は怪訝そうな表情で、徳田班長を見た。

徳田班長が言った。

「新宿分駐所ということは、第二自ら隊です。つまり、担当地域は、第四方面、第五方面、第六方面、第七方面及び第十方面……。第三方面の中目黒や野沢にいたのは、越境ということになります」

新堀隊長が言った。

「どうしてそんなことをしたんだ」

吾妻が悪びれた様子もなく言った。

「巡回をしていると、つい足を延ばしたくなることがあるんです」

「たまげたなあ……」

縞長の声がした。彼は高丸の隣にやってきていた。「彼ら、越境していたんだね」

高丸は小声でこたえた。

「そうらしいね。でも、気持ちはわかる。俺たちも知らないうちに受け持ち区域を出ていることがあるから……」

「彼らは故意のようだけどね。だからこれまで、彼らに出会わなかったんだな……」

徳田班長が言った。

「それを上司に伝えたら、懲戒ものですね」

それにこたえたのは、新堀隊長だった。

「懲戒だって？　ばかを言うな。特捜班に吸い上げようって言ってんだぜ。おい、自ら隊の君、名前は？」

「吾妻幸雄《ゆきお》巡査部長です」

「吾妻部長。君は制服を着ていないが、今は非番か？」

「はい。非番です」

「機捜235の連中と調べて回ったのは、非番のときなんだな？」

「おっしゃるとおりですが、中目黒駅で内田を見かけたのは、任務中のことです」

彼らは、野沢の現場にも制服を着てパトカーでやってきた。

「それはどうでもいい」

新堀隊長が言った。「特捜班に吸い上げる理由となったのは、非番の最中の行動だ。非番ならどこで何をしようと自由だ。それを、きっちり言ってやる」

吾妻は、上体を十五度傾ける正式の敬礼をした。森田が慌ててそれにならった。

「お心づかい、感謝いたします」

吾妻が言った。「なんだか、機捜に入りたくなってきました」

新堀隊長が、にっと笑って言った。

「すぐに分駐所の上司に連絡を取れ。俺が代わる。さあ、他の者は情報の共有だ」

新堀隊長が吾妻の上司と話をしている間に、十名の集団が到着した。

電話を終えた新堀隊長が言った。

「特殊班だな。こっちへ来てくれ」

十名の捜査員たちが、新堀隊長のそばに行った。その中の一人が言った。

「特殊犯捜査第三係の第一班です」

「班長は？」

「自分です。高畑秋仁《たかはたあきひと》と申します」

班長の階級はおそらく警部だろう。徳田班長と同じだ。

新堀隊長は、高畑班長に徳田班長を紹介して言った。

「事情は、徳田班長から聞いてくれ」

「了解しました」

「ところで、特殊犯捜査第一係でなく、第三係が来たのはどうしてだ？」

高畑班長が即座にこたえる。

「爆発物関連だとうかがっております」

新堀隊長がうなずいた。

「わかった」

その会話を離れたところで聞いていた高丸は、縞長に尋ねた。

「今のどういうこと？」

「ああ、特殊班内の役割分担だよ。野沢に駆けつけた第一係は、人質立てこもり、誘拐、ハイジャックなんかが専門。第三係は、爆破事件や爆発事故なんかを扱う」

「へえ……」

「その他、飛行機事故や列車事故、労災なんかも扱うんだ」

「労災……。だから、第一係の連中と雰囲気が違うのか……」

「そうだな。年齢も少し高めだね。第一係ほどとんがった感じはしないね」

「そうそう。その第一係の増田だけど……」

「増田がどうかしたかい？」

「田端捜査一課長が現場に乗り込んで、俺たちの報告を無視したことを追及した。すると、第一係のキャップが追放したんだ」

「追放……？」

「現場から追い出して、警視庁本部での待機を命じたんだ」

縞長はそれを聞いても、小さく肩をすくめただけで、何も言わなかった。

大会議室の中が、特捜班の本部らしく体裁が整ったのは、午前三時過ぎのことだった。

捜査本部や特捜本部なら、幹部席が正面に作られるところだが、この特捜班では幹部は新堀隊長一人だけだ。だから、幹部席は作られず、班長たちと同じ島に新堀隊長の席が設けられた。

無線機や固定電話といった設備は、始業時間が過ぎてから、渋谷署の総務課の世話になるしかない。

新堀隊長の声が響いた。

「田端一課長が、映像の人物について、公安に問い合わせてくれることになっている。返事は朝になってからになるだろう。それまでに、調べられることを調べる。まずは、過去の犯罪歴等、当たれる資料をすべて当たってくれ。何か補足することはあるか？」

徳田班長が言った。

「内田を発見したコンビニを調べる必要があると思います」

「コンビニ……？　詳しく説明してくれ」

徳田班長が、縞長を見た。

縞長が起立して、事情を説明した。

話を聞いた新堀隊長が言った。

「なるほど、中目黒駅前で誰かと会って目的は果たしたはずだ。それなのに、中目黒を立ち去らず、歩いて十分ほどのコンビニに姿を現したということか。よし、コンビニの防犯カメラの映像を入手しよう」

それを受けて、徳田班長が言った。

「機捜235に行かせましょう」

まだ起立していた縞長がこたえた。

「了解しました」

縞長が着席すると、新堀隊長が言った。

「さあ、時間がないぞ。すぐにかかろう」

午前三時半、特捜班が本格的に動きはじめた。

高丸は縞長に言った。

「コンビニは二十四時間開いている。行ってみよう」

「そうしよう」

二人が腰を上げたとき、特殊犯捜査第三係の高畑班長が声を上げた。

「第一係の葛木係長から電話連絡です」

特殊班の中で、連携を取ることになっているのだろう。だから、連絡が来たのだ。

新堀隊長が尋ねる。

「どうした？」

「内田と電話がつながったそうです」

「通話内容は？」

「具体的なことはまだ不明です」

「交渉はこれから、ということだな」

「そのようです」

人質の安否を確かめ、犯人の要求を聞く。そして、交渉か突入かといった方針を決めなければならない。ＳＩＴが現場でやることは山ほどある。

縞長が言った。

「行こう。私らは、私らがやるべきことをやらなきゃならん」

高丸はうなずいて出入り口へ向かった。

二人は駐車場にやってきて、機捜235に乗り込んだ。

11

夜明け前の道は空いており、渋谷分駐所を出た機捜235は、十分ほどで問題のコンビニに到着した。

午前四時を、少し回ったところだ。山手通りに面した大型店だが、さすがにこの時間帯は客が少ない。

中目黒という若者に人気のある街の幹線道路沿いだが、基本的にこのあたりは商業地でも飲食店街でもなく、住宅街なのだ。

二人の従業員がいた。高丸はその一人に近づいて、警察手帳を提示した。

「警視庁の高丸と言います。ちょっとうかがいたいことがあります」

若い男性だった。彼は、たちまち不安そうな顔になった。

「難しいこと、わかりません。田中《たなか》さんに訊《き》いてください」

名札を見ると、「グエン・ヴァン・ソン」とあった。ベトナム人だろう。警察と聞くと、彼らは入管法を思い浮かべるのだろう。

高丸は、スマートフォンを取り出し、内田の顔を表示した。

「この人物に、見覚えはありませんか？」

もう一人の従業員が、何事かと訝《いぶか》る様子でグエン・ヴァン・ソンに近づいてきた。名札を見ると、「田中」とあった。年齢は、二十代のようだ。

「何ですか？」

田中が言ったので、高丸はこたえた。

「ある人物の写真を見ていただきたいのです」

田中がスマートフォンを覗き込む。

「この人がどうかしたんですか？」

聞き込みのときに、警察官が相手の質問にこたえる必要はない。高丸は、質問で返した。

「この男に、見覚えはありませんか？」

田中はしばらく写真を見ていたが、やがて言った。

「いやあ、知らない人ですねえ……。ソンはどうだ？」

彼はかぶりを振って言った。

「知りません」

「昨日の午後五時から午後六時の間、店にいました？」

田中がこたえた。

「二人ともいませんでしたよ。シフトが違いますから……」

「誰のシフトだったか、わかりますか？」

「ええと……。調べればわかりますけど……」

「悪いけど、調べてもらえませんか？」

「いいですよ。暇だし……」

田中がレジカウンターを出て、従業員専用のドアの向こうに消えた。バックヤードに向かったのだろう。

しばらくすると、田中はクリップボードに挟まれた紙をめくりながら戻ってきた。

「昨日の午後五時から六時の間ですね？　それなら、カルチカとラー・ヴァン・ミンですね」

「どちらも外国の方ですね」

「今コンビニはどこでもそんなもんですよ。カルチカはインドネシア、ミンは、ソンと同じベトナム出身です」

「そのカルチカさんとミンさんの、連絡先と住所はわかりますか？」

「わかるけど、教えていいのかなあ……」

高丸は、もう一度内田の顔写真が表示されているスマートフォンを掲げて言った。

「この人について質問するだけです」

「本当は、店長とかに訊いたほうがいいと思うんだけど……」

「本当に、迷惑はかけませんから……」

田中は、肩をすくめた。

「俺が言ったって、カルチカたちにばらさないでくださいよ」

「わかりました」

田中は、二人の住所と携帯電話の番号を教えてくれた。

「実は、もう一つお願いがあるんですが……」

「何です？」

「防犯カメラの映像をお借りしたいんです」

「いや、それはマジで店長に言ってもらわないと……」

「店長は今、どちらですか？」

「自宅で寝てると思いますよ」

「では、店長の連絡先も教えてください」

「それ、どうしても必要なんですか？」

高丸は言った。

「どうしても必要です」

田中は、抗議を試みようとしたようだが、うまい言葉が見つからなかったらしく、諦めたように言った。

「電話番号だけでいいですか？」

「はい」

田中から聞いた番号をメモした。

コンビニを出ると、高丸は縞長に言った。

「さて、いくら何でも、この時間に聞き込みには行けないな」

時計を見ると、まだ四時半だ。

縞長がこたえた。

「内田の動きも気になるね。一度、特捜班本部に戻るか……」

高丸は同意して、機捜235に乗り込んだ。約十分後、二人は渋谷署の特捜班本部に戻った。

徳田班長が高丸たちを見て言った。

「コンビニに行っていたんだな？」

高丸はこたえた。

「はい。内田を発見したときに、シフトに入っていた従業員の住所と連絡先を入手しました」

高丸は二人の従業員の名前を告げた。徳田班長はうなずくと、さらに質問した。

「防犯カメラの映像は？」

「店長と話をしてくれと言われました。店長の電話番号を入手していますので、連絡を取ってみます」

高丸たちの報告を、席で聞いていた新堀隊長が言った。

「いずれにしろ、話を聞くのは夜が明けてからだな……」

徳田班長がそれにこたえた。

「手分けをして向かわせます」

「そうしてくれ」

高丸は、徳田班長に尋ねた。

「内田の様子はどうです？」

その質問にこたえたのは、特殊班の係員だった。

「電話には出たが、まともに話をしようとしない」

縞長がその係員に尋ねる。

「人質は無事なのかい？」

「今のところ、無事のようです」

縞長と話をするときは、たいていの人が敬語になる。年齢のせいだろう。

「人質の声が聞けたのかね？」

「はい。交渉担当者が声を確認したそうです」

「要求は？」

「具体的な要求は何もないそうです」

新堀隊長が言った。

「時間稼ぎだな。やはり、陽動作戦なのだろう」

つまり、内田としてはこのまま膠着状態を続けたいということなのか……。

その間に、内田と中目黒駅前で会っていたやつが、何かの計画を進めるということだろうか……。

いったい、何を計画しているのだろう。それを、どうやって突きとめればいいのか。

頭がうまく働かず、もどかしかった。思考力が低下すると、不安やあせりが募る。

頭をシャキッとさせないと……。

高丸がそんなことを考えていると、新堀隊長が言った。

「君らはたしか、夜勤明けからそのまま特捜班で活動しているんだな？」

高丸は、反射的に気をつけをして「はい」とこたえた。

「夜が明けるまですることがないはずだ。今のうちに、休め。署内に仮眠を取れる場所があるはずだ」

普段、渋谷署にいるので、高丸はその場所を知っている。だが、自分たちだけが休むことに抵抗があった。

新堀隊長がさらに言った。

「朝になったらまた、おおいに働いてもらわなけりゃならない。いざというときに、使いものにならないんじゃ困るんだよ。さあ、行け」

高丸は縞長を見た。

縞長が言った。

「では、そうさせていただきます」

高丸はその言葉に従うことにして、新堀隊長に一礼した。

部屋を出ていこうとすると、徳田班長が言った。

「機捜236の謹慎を解く。通常の職務は、232と236の二組でこなしてもらう」

梅原と井川が復帰するのだ。

高丸は、なんだかほっとした気分になった。

新堀隊長が言った。

「そうだ。使えるやつはどんどん使え。休めるやつは今のうちに休んでおけ」

二段ベッドが並んでいる部屋で、高丸と縞長は、空いている寝床を見つけてもぐりこんだ。

目が冴《さ》えていて、眠れる気がしなかった。だが、横になると、高丸は意外なほど早く眠りに落ちた。よほど疲れていたようだ。

目が覚めたとき、自分がどこにいるのかわからなかった。渋谷署の仮眠室にいるのだと気づくと、慌てて時計を見た。八時になろうとしている。

ベッドに入ったのが午前五時頃だったから、三時間ほど眠ったことになる。ほとんど気絶していたと言っていいほどぐっすりと眠った。

睡眠の効果は抜群で、起き上がったとき、気分が軽くなっていた。

特捜班本部に行くと、すでに縞長の姿があった。

高丸は尋ねた。

「ちゃんと寝ましたか？」

「ああ。私も今しがた起きてきたところだよ」

「内田はどうなんでしょう？」

「まだ、動きはないようだ」

「昨夜から、飲まず食わずですよね？」

差し入れは、捜査員にとってチャンスだ。相手の様子を探ることができるし、うまくすれば、検挙の機会もある。

内田はその隙を見せないということか……。

縞長が言った。

「内田の説得や確保は特殊班に任せて、聞き込みに行こうか……」

その言葉に、徳田班長が反応した。

「待て。手分けをすることになっている。店長に交渉して防犯カメラの映像を入手するのは、篠原と大久保にやってもらう」

篠原が「了解しました」とこたえた。

徳田班長の言葉が続く。

「高丸とシマさんは、カルチカという従業員を頼みます。ラー・ヴァン・ミンは、吾妻と森田に行ってもらう」

高丸たちは出動した。

部屋を出ると、高丸は吾妻に尋ねた。

「俺たちは仮眠を取ったけど、あんたらは？」

「心配するなよ。ちゃんと休んだよ。しかしなあ……」

「しかし、何だ？」

「部下にちゃんと休めと言う上司を、俺は初めて見たよ。ぶっ倒れても代わりがいると言うのが、普通の上司だと思っていた」

「そう。新堀隊長は普通じゃないかもな。ところで、足はあるのか？」

「ああ。隊長が覆面車を一台都合してくれた」

「そうか」

吾妻が渋い顔をした。

「私服で覆面車なんて、自ら隊のプライドが傷つくんだけどな」


機捜235は、カルチカが住む杉並区に向かった。学生会館という名前がついた建物だった。昔なら寮などと呼ばれたかもしれない。

管理人に警察手帳を見せ、事情を説明すると、部屋まで案内してくれた。かなり年配の管理人は立ち去る様子がない。その場にいて、高丸たちが、どんな話をするのか確認するつもりのようだ。別にかまわないと、高丸は思った。

「すいません。警視庁の高丸と言います。ちょっとお話をうかがいたいのですが……」

返事がない。

すると、管理人が言った。

「カルチカさん。だいじょうぶ、本物の刑事さんですよ」

すると、ようやく反応があった。チェーンを外す音が聞こえ、ドアが開いた。眼が大きく小柄な女性が顔を見せた。

「朝早くに、すみません。ちょっとこの顔写真を見ていただきたいのです」

高丸はスマートフォンを提示した。

カルチカはまだ、不安げな顔をしている。眉間に皺《しわ》を寄せて、画面を覗き込んだ。

高丸は尋ねた。

「この人に見覚えはありませんか?」

実は、それほど期待していなかった。店番をしていた従業員に質問しに来たのは、言わばルーティンの仕事だ。

「知っています」

カルチカがそう言ったので、高丸は驚いた。

「どこで会いました?」

「私、コンビニでバイトをしています。そこのお客さんです」

流暢《りゅうちょう》な日本語だった。

「そこのお客さん?」

縞長が尋ねた。「それは、何度も見かけているってことかね?」

カルチカはうなずいた。

「時々、見ます」

か。

未明に、田中とソンに尋ねたところ、知らないということだった。シフトの関係だろう

そう思い、高丸はこたえた。

「あなたは、そのコンビニにどういうシフトで入っていますか？」

「どういうシフト……？」

「何時頃に働いていますか？　昼間ですか？　夕方ですか？　夜中ですか？」

外国人にもわかりやすいように、できるだけ具体的に質問した。

カルチカはこたえた。

「午後か夕方から働くことが多いです」

縞長が尋ねる。

「じゃあ、その時間に、この写真の人をよく見かけるということだね？」

「そうです」

「どのくらいの頻度で……？」

「ヒンド？」

高丸が尋ねた。

「毎日見かけるのか、二、三日に一度なのか、それとも、一週間に一度くらいか……」

「よくわかりません。たぶん、週に一度くらい……」

「この人の名前を知っていますか？」

高丸が尋ねると、カルチカはかぶりを振った。

「いいえ。知りません」

「話をしたことはありますか？」

「ポイントカードはお持ちですか？　袋はいりますか？　そんな話はしますけど……」

高丸はうなずいて、縞長を見た。縞長は小さく首を横に振る。もう質問することはないという意味だ。

高丸は、再び、早朝に訪ねた詫《わ》びと、協力に対する礼を言って、その場を離れた。

機捜235に戻ると、縞長が言った。

「他の従業員の証言も必要だね」

カルチカの証言の裏付けがほしいということだ。自ら隊の吾妻たちが、ミンという従業員に話を聞きに行っている。それが裏付けになるかもしれないが、さらに補強したいのだ。

「じゃあ、コンビニに行ってみよう。内田を知っている他の従業員が見つかるかもしれない」

「昼飯時になると、ひどく混むはずだから、今のうちに訪ねたほうがいいね」

高丸は車を出し、中目黒に向かった。

午前十時頃に、コンビニに到着した。店内はまだそれほど混み合っていない。高丸は、さっそくレジにいる男性に声をかけた。

「すいません。ちょっとうかがいたいことがあるんですが……」

その男は、高丸の警察手帳を見て言った。

「まだ何か用があるんですか？」

男性は五十代半ば。年齢や物腰から、バイトではないなと、高丸は思った。

「まだ、とおっしゃいますと？」

「さっき、防犯カメラの映像データをお貸ししたじゃないですか」

「あ……。では、店長さんですか？」

「そうです」

篠原と大久保が会いに来たのだ。

「あと、一つだけ質問にこたえていただけますか？」

「もうじき忙しくなりますから、手短にお願いしますよ」

「すぐに済みます。この顔写真を見てください」

スマートフォンを差し出す。店長は、内田の写真を見て言った。

「この写真がどうかしましたか？」

「この人物に、見覚えはありませんか？」

「さあなあ……」

店長は、隣のレジにいる若い女性に声をかけた。

「ヤンさん、どう？」

ヤンと呼ばれた女性がスマートフォンを覗きに来た。名札には、「楊秋麗」と書かれている。

「知ってます」

ヤンはこたえた。

高丸は尋ねた。

「お知り合いですか？」

「店のお客さんです」

「名前を知ってますか？」

「名前、知りません。でも、顔を覚えています」

「よくお店に来る客ですか？」

「たまに、です」

「週に一度くらい？」

「そうですね」

カルチカの証言の裏が取れたと考えていいだろう。高丸は縞長を見た。

縞長が質問した。

「このお客さんは、何を買っていきますか？」

ヤンがちょっと首を傾《かし》げてからこたえた。

「いろいろです。でも、お弁当が多い」

「弁当……」

「はい。夕方に弁当を買います。たぶん、夕食」

縞長がうなずいて言った。

「どうも、ありがとう」

店長が高丸に言った。

「それだけですか？」

「ええ。お忙しいところを、お邪魔しました」

12

コンビニを出て車に戻ると、高丸は縞長に言った。

「内田が、何度もこのコンビニに姿を見せていたのは確かなようですね」

「ああ。吾妻たちの聞き込みの結果も確かめたいね」

「内田の計画の一環なんでしょうか」

「計画の一環？」

「このコンビニを何かに利用しようという……」

縞長は、それにはこたえなかった。

「とにかく、いったん、本部に戻ろう」

高丸は車を出した。

さすがにこの時間になると、夜中や未明のようなわけにはいかず、渋谷署まで二十分ほどかかった。

午前十一時頃に到着し、特捜班本部に戻ると、高丸は聞き込みの結果を、徳田班長と新堀隊長に報告した。

先に戻っていた吾妻が言った。

「こっちも同じだったよ。ラー・ヴァン・ミンは、内田の顔を知っていた。よく来る客だということだ」

新堀隊長が言った。

「ふうん。縞長さんが、内田をそのコンビニで発見したのは、偶然ではなかったということなのか……」

「いや、偶然は偶然でしょう」

縞長が言った。「内田があそこのコンビニに頻繁に顔を出すといっても、たまたまそれを見かけたというのは、やはりついていたんです」

「ツキだけじゃないさ」

新堀隊長が言う。「縞長さんじゃなきゃ、通りかかったときに、内田だと気づかなかっただろう」

「その後、立てこもり事件に発展してしまいましたがね……」

「言っておくが、縞長さんたちの責任じゃない。余計なことは考えないことだ」

「はい」

「それで、内田がそのコンビニに何度も足を運んでいたというのは、どういうことなんだろうな……」

高丸は言った。

「仲間と荷物を交換した後も、そのコンビニに寄っています。何か彼らの計画に関係があるんじゃないでしょうか」

「まさか、そのコンビニに爆弾を仕掛けたというんじゃないだろうな……」

新堀隊長の言葉に、徳田班長がこたえた。

「我々の考えでは、爆弾を持っていたのは、内田ではなく、もう一人の男なんです」

「ああ、そうだったな……」

新堀隊長はそう言って腕組みをした。

そのとき、縞長が言った。

「内田が、仲間と中目黒駅前で会って荷物を交換した……。その足で例のコンビニに行ったわけだけど、その理由がわかりました」

皆が縞長に注目する。

新堀隊長が尋ねた。

「その理由とは……？」

「近所に住んでいるんでしょう」

「あ……」

高丸はぽかんと縞長を見た。虚を衝《つ》かれたような気がした。

新堀隊長が聞き返す。

「近所に住んでいる……？」

「ええ。そして、おそらくやつは一人暮らしです。だから、夕食のためにコンビニで弁当を買うわけです」

高丸は言った。

「じゃあ、俺たちが発見したときも、ただ買い物をしに行ってたということ？」

「駅前で荷物の交換という目的を果たしたのに、どうしてすぐに、電車などで中目黒を離れず、コンビニに寄ったのか……。私ら、それをずっと考えていたわけだけど、きっと家に帰る途中に買い物に寄っただけなんだろう」

「俺たちは考え過ぎていたってことか。篠原さんたちが防犯カメラの映像を入手してきたのも、無駄だったのかな……」

新堀隊長が言った。

「捜査に無駄などない」

高丸は背筋を伸ばして「はい」と言った。

新堀隊長の言葉が続いた。

「内田がそのコンビニの近所に住んでいるらしいということがわかっただけでも収穫だ。ヤサがわかれば、ガサをかけて何か手がかりを見つけられるだろう。内田のヤサを見つけるぞ」

徳田班長が尋ねる。

「コンビニの防犯カメラ映像の解析はどうします？」

「続けてくれ。内田が一人だったかどうかを確認する必要がある」

やはり防犯カメラの映像は無駄にはならないということだ。

徳田班長が言った。

「機捜２３１、機捜２３５、及び警視２３５は、コンビニ周辺で聞き込みだ。近所の不動産屋も当たってみろ」

するると、特殊班の高畑班長が言った。


「うちからも四人出そう。車に乗せてくれ」

徳田班長がうなずく。

「では、機捜車二台に分乗してください」

高丸たちは、再び中目黒に戻ることになった。


機捜235の後部座席に乗った、特殊班の二人は、三十代半ばの男性と、二十代後半から三十代前半の女性のペアだった。

男性のほうが話しかけてきた。

「縞長さんですよね？」

縞長は上体をひねって後部座席を見た。

「はい。そうですが……」

「お噂はかねがね……」

「噂……？　何の噂かね」

「見当たり捜査のレジェンドだって……」

「え……」

高丸は思わず声を上げた。「そんな話、初耳だけど」

縞長が言う。

「私も初耳だね」

特殊班の男性は言った。

「自分は、本部の捜査共助課にいたことがありまして……」

警視庁の見当たり捜査班は、捜査共助課にあるのだ。

縞長が言う。

「それは、私がいなくなってからだね？」

「はい。短い間でしたが……。そこで縞長さんの伝説を耳にしたんです。検挙数がダントツだったって……」

「いや、私の場合、あとがなかったんでね。必死だったんだよ」

「機捜にいらしてからも、実績を上げられているとうかがいました」

高丸が言った。

「そうなんです。自分はその恩恵に与《あずか》っているというわけです」

縞長が言った。

「お互い、名前を知らないんじゃ不便だ。名前を聞いておこう」

どうやら話題を変えたいようだ。

まず高丸が名乗った。すると、男が言った。

「棚橋《たなはし》勲《いさお》。三十五歳の警部補です」

続いて、女性のほうが言った。

「自分は、西田《にしだ》瑞希《みずき》、巡査部長です」

「ほう……」

縞長が言った。「さすがに捜査一課だね。棚橋君は、三十五歳なのに、私より階級が上だ」

棚橋が言う。

「レジェンドに階級は必要ありませんよ」

縞長が何も言わないので、高丸は言った。

「俺もそう思いますよ」


山手通りの、例のコンビニの前に、機捜231、235、そして、自ら隊の覆面車が駐車した。

車を降りて、コンビニの前に十人が集まった。みんなが、縞長のほうを見ている。おそらく、無意識の行動だろう。誰かが指示を出さなければならないが、それが縞長の役目だと感じるのだろう。

階級や役職からすると、縞長はその立場にはない。だが、そういうことではない。自然と年配者を頼ろうとするのだ。

それに気づいて縞長が言った。

「じゃあ、二人ずつのペアで、聞き込みに回ろう。いつもの組み合わせのほうがやりやすいだろう」

吾妻が言った。

「車、あのままじゃまずいですよね。目黒署の交通課に切符切られたらシャレにならない」

縞長がこたえた。

「移動して、それぞれ駐車場所を見つけてくれ。上がり時間を決めよう。収穫がなければ、上がりは特捜班本部に午後五時。対象者の住居が判明した時点で集合して、特捜班本部の指示を仰ぐ」

それぞれに「了解」の意思を示す。無線を持ってきていないので電話番号を交換して、聞き込みに散った。

高丸と縞長は、車を移動するために戻った。車を出して路地を走り回り、コインパーキングを見つけたので、そこに駐車した。

車を降りると、高丸は言った。

「さて、どこから始めよう」

「人海戦術なら、片っ端から訊いていくんだが、人手も時間もないから、効率的にいかないとね……。まず、近所のクリーニング屋や理髪店だ」

「なるほど……」

山手通りに出ると、すぐにクリーニング店が見つかった。店主らしい男性に内田の写真を見せたが、知らないということだった。夫婦でやっている店らしく、店主は妻に尋ねたが、彼女も知らないという。

近くに理髪店は見当たらない。飲食店で話を聞こうと思ったが、時間帯が悪かった。昼飯時だ。どこの飲食店も混み合っている。

縞長が言った。

「こりゃ、客が引くまでお手上げだね」

「一時間ほど経てば店も空くと思うけど……」

「私らも、それまでに腹ごしらえをしようか」

腹ごしらえとはずいぶん時代がかった言い方だなと思いながら、高丸は言った。

「でも、どこも混んでるんじゃない？」

「コンビニで弁当か何かを買って、車の中で食べるのが一番早いだろうね」

「じゃあ、シマさんは車で待っててよ。俺、何か買ってくるから……」

「じゃあ、お願いしようかね。あんパンと牛乳は勘弁だよ」

昔の刑事ドラマでは、張り込みのときに、あんパンと牛乳が定番だったのだそうだ。高丸はそんなドラマを観たことなどない。

縞長にキーを渡して、高丸は例のコンビニに向かった。店内は混雑していたが、レジ係は慣れている様子で、客がどんどんはけていく。

高丸は、自分用にハンバーグ弁当を、縞長用に中華弁当を選んだ。ペットボトルのお茶二本と選んだ弁当を買うと、レジ袋に入れてもらい、店を出た。店長の姿はなく、レジ係も知らない従業員だった。

コインパーキングの車に戻り、縞長と二人で弁当を食べた。縞長は、高丸の弁当の選択に文句はなさそうだった。

……というか、縞長が食べ物に文句を言うのを聞いたことがない。

食事を終えても、まだ十二時半にもならない。二人とも警察官の例に洩れず、早飯なのだ。

いっしょに聞き込みをしている他のグループから、まだ何も連絡はない。高丸の頭を、ふと不安がよぎる。それを口に出した。

「内田がこのあたりに住んでいるっていうの、もし、間違いだったらどうしよう」

縞長はシートにもたれ、フロントガラス越しに正面を眺めながらこたえた。

「間違いじゃないよ」

「自信あるんだね？」

「カルチカや楊秋麗の証言が、それを裏付けている」

縞長は、コンビニの従業員の名前を正確に覚えていた。警察官は顔と名前を覚える訓練を受けるが、縞長の場合はレベルが違う。なにせ、見当たり捜査班のレジェンドなのだと、高丸は思った。

十二時四十分になると、二人は車を降りて、取りあえず、近くの集合住宅を当たってみることにした。オートロックがあるようなマンションは後回しにして、まずは表に部屋のドアが並んでいるようなアパートを調べることにした。

そして、一時を過ぎた頃にまた、飲食店を訪ねるつもりだった。

アパートの聞き込みには苦労する。ドアを叩いても返事がないことが多い。住人は職場や学校に出かけているのだろう。

二軒のアパートを回り終わったところで、縞長がふと足を止めた。

「どうしたんだ？」

高丸は尋ねた。「もうへばったのか？」

縞長は無言で指さした。その先には、宅配便の車が停まっていた。

「宅配便が何か……」

高丸の質問に、縞長がこたえた。

「ドライバーなら、担当地区の住人のことをよく知っているだろう」

「あ……」

「行ってみよう」

二人は足早に、宅配便の車に近づいた。

運転席には誰もいなかった。

「配達に行ってるんだろう」

縞長が言った。「戻るのを待とう」

その場で十分ほど待った。宅配便の制服を着た若い男性がやってきた。彼は車のそばにいる高丸たちを怪訝そうに見た。

宅配便に目をつけたのは縞長なので、高丸は彼に任せることにした。

縞長が宅配便のドライバーに言った。

「ちょっとうかがいたいことがありまして……」

警察手帳を出すと、宅配便ドライバーは不安げな顔になった。こういう場合のごく一般的な反応だ。

「何ですか？」

「写真を見ていただきたいのです」

「写真……？」

縞長は、スマートフォンを取り出して、内田の画像を提示する。

「この人物に見覚えはありませんか？」

宅配便ドライバーは、しばらく画面を見つめていた。やがて、彼は言った。

「そうですね……。ええ、たぶん、知っていると思います」

「あなたがご存じの人物に似ているということですね」

「そうです」

「その方のお名前は？」

「内田さんです」

高丸は、跳び上がりたい気分だったが、必死で無表情を保っていた。

縞長がさらに質問する。

「その方のお宅をご存じなのですね？」

「ええ。荷物を届けるのが仕事ですから……」

「住所を教えていただけますか？」

「いやあ……。教えていいのかなあ……。個人情報保護法とか、いろいろあるでしょう」

宅配業者は、法律の定める「個人情報を取り扱う事業者」に当たるだろうか。だとしたら、このドライバーが言うとおり、「遵守すべき義務」がある。

縞長が言った。

「だいじょうぶです。法令に基づく場合は、事業者の義務は問われないことになっていますので」

「あ、そうなんですか？」

縞長が言ったことは、実は正確ではないと、高丸は思った。「法令に基づく場合」というのは、正式には令状が必要なはずだ。だが、縞長に任せたからには、黙っていようと思った。

「住所を教えていただけますか？」

「正確な住所は暗記してませんが、案内できますよ。ここから、すぐですから……」

「お願いします」

歩いて三分ほどで、その集合住宅に到着した。意外なことに安アパートなどではなく、ちゃんとオートロックがついているマンションだった。

玄関にあるインターホンの上に、住人の名字と部屋番号を記したボードが掲げてある。そこに間違いなく「内田　３０２」とあった。

縞長は宅配便ドライバーに、丁寧に礼を言った。ドライバーが駆け足で去っていくと、縞長は電話を取り出して言った。

「私は、棚橋に電話する。高丸は吾妻に連絡してくれ」

「了解」

電話をすると、すぐに返事があった。

「何だ？」

「内田の住居が見つかった」

高丸は、住所表示を見つけてそれを告げた。吾妻が言った。

「わかった。すぐに行く」

それから、高丸は篠原にも電話をした。

特殊班の残りの二人には、棚橋から電話をしてもらったという。

五分以内に、全員が集合した。通行人が、怪訝そうに視線を向けてくる。

高丸は縞長に言った。

「特捜班本部に連絡してください」

「ペア長は高丸だよ。高丸から連絡すべきだ」

高丸はすぐに、徳田班長にかけた。

「どうした？」

「内田の住居を発見しました」

「そうか。立てこもり現場の特殊班と連絡を取ってから、家宅捜索の令状を取る。待機していてくれ」

「了解しました」

高丸は電話を切ると、みんなに徳田班長の言葉を伝えた。

縞長が言った。

「ここに集まっていると目立つな。それぞれの車で待機しよう」

捜査員たちは散っていった。高丸、縞長、棚橋、西田の四人は、コインパーキングの機捜235に向かった。

13

高丸たちは、コインパーキングに駐車している機捜235の中で、捜索差押許可状が届くのを待っていた。

縞長が時計を見て言った。

「午後一時四十分か……。内田が野沢一丁目の工事現場に逃げ込んだのが、昨日の午後六時二十分頃のことだから、もう十九時間も経っているね……」

高丸はこたえた。

「食べ物も水もなしで十九時間はきついな……。人質の健康状態が心配だ」

「そうだね。そして、内田の精神状態も気になる。人間、疲労して判断力が鈍ると、普段は考えられないようなことをしでかすからね」

「人質に危害を加えるってこと?」

「人質もそうだけど、内田自身のことだよね」

「自殺とか……」

「今の内田は、かなり追い詰められているだろうからね」

特捜班本部から何の知らせもないということは、まだ膠着状態が続いているのだろう。

縞長が続けて言った。

「まあ、立てこもりのほうは、特殊班に任せるしかないね」

高丸はうなずいた。

車の中でじっとしていると、睡魔が忍び寄ってくる。今朝仮眠を取ったとはいえ、寝不足の状態が続いていることに変わりはない。

「令状が届くまで、一休みしよう」

高丸が言うと、縞長がこたえた。

「それがいい」

高丸は運転席のシートを少し倒して、目をつむった。

電話の振動で、はっと目を覚ました。電話の時刻表示が、十四時三十二分を示していた。一時間近く眠っていたようだ。

電話は徳田班長からだった。

「捜索差押許可状が取れた。今、特殊班の捜査員がそれを持って、そちらに向かっている」

「了解しました。当該マンションの前で待機します」

電話を切ると縞長、棚橋、西田に言った。

「令状を持った人が、こちらに向かってる」

縞長も寝起きの顔だ。

「わかった。じゃあ、全員に集合をかけよう」


五分後、十名の私服警察官が、再びマンションの前に集まった。

篠原と大久保が、見知らぬ男を連れてきた。篠原が説明した。

「ここのマンションの管理会社の方だ」

六十代の小柄な男性だった。彼は、戸惑った様子で言った。

「302号室のことですって？　いったい何事です」

立てこもり事件は報道されているが、内田の氏名はまだ公表されていない。その男性もやはり、縞長を見て説明を求めている。

縞長がこたえた。

「部屋を捜索させてもらいます。鍵を開けていただけますか」

「入居者がいないのに、私が勝手にそんなことはできないよ」

「もうじき、捜索差押許可状が届きます。いわゆる令状ってやつです」

「え？　なに？　強制捜査なの？」

「ええ。裁判所の許可が出てますんで……」

「302号室の入居者、いったい何をやったの？」

「今はまだ、ちょっと言えないんですよ」

そこに、捜索差押許可状と畳《たた》んだ段ボール箱の束を持った捜査員がやってきた。彼は、許可状を同じ特殊班の棚橋に差し出した。

棚橋はいったん受け取ってから、縞長に言った。

「縞長さんが執行してください」

縞長が驚いたように言った。

「え？　だって、捜索は特殊班主導でしょう？」

「この特捜班は、特殊班も機捜もありませんよ。なんとなく、みんな縞長さんを頼りにしているんです。仕切ってください」

「いやあ、私なんぞは……」

縞長は困り果てた様子で、高丸を見た。

入った。

管理会社の従業員が、玄関のオートロックを解錠して、警察官たちがマンションに立ち

「じゃあ、許可状を執行させていただきます。時刻は、午後二時四十五分」

縞長は、捜索差押許可状を受け取り、どこか申し訳なさそうな表情で言った。

「棚橋さんの言うとおりだ。ここは、シマさんが指揮を執ってよ」

高丸は言った。

縞長と高丸が、管理会社の男といっしょにエレベーターに乗り、302号室の前にやってくる。他の警察官たちは、階段を昇った。

解錠されてドアが開くと、高丸たちは部屋に入った。他の警察官たちもそれに続く。

「私はどうすればいいのかね？」

管理会社の男が困った顔で言った。それにこたえたのは、縞長だった。

「私たちが引きあげたあと、施錠してくれればいいです」

「じゃあ、終わったら連絡をくれますか？」

どうやらこの場を離れたいらしい。あるいは他に仕事があるのか。

縞長が電話番号を聞くと、彼はすぐにその場から去っていった。

高丸は、縞長に言った。

「正直に言って、俺、家宅捜索とか、あまり経験ないんだよね」

それを聞いていた吾妻が言った。

「俺も経験がない。地域畑ですからね」

「区画を自分で決めて、そこをつぶさに調べるんだ。そして、その区画が終わったら、次の区画を決める。その範囲は小さくていい」

高丸と吾妻はうなずいた。ついでに、吾妻の隣で、森田もうなずいていた。

高丸は、縞長に言われたとおりに、自分でエリアを決めて、そこを調べはじめた。だが、何を見つければいいのかわからない。

高丸が調べているのは、本棚だった。本が犯罪に関係あるとは思えない。最初に本棚を捜索しようと考えたのが間違いだったか……。

そんな高丸の様子に気づいたのか、縞長が言った。

「何かひっかかるものがあったら、どんどん段ボールに放り込むといい」

「ええと……。何がひっかかるのか、わからないんですけど……」

「最初は誰でもそんなもんだ。そのうちに、勘がつかめてくる」

そう言いながら、縞長は流し台の扉を開けた。

特殊班の四人を見ると、さすがに慣れた様子で捜索を続けている。一人は、テーブルの上にある、レシートらしい紙片を片っ端からファスナー付きのビニール袋に入れている。

なるほど、内田の行動を物語るようなものがいいんだな……。

高丸はそう思って、本棚から適当な本を引き抜いた。本にメモや傍線があれば、それが何かの手がかりになるかもしれない。

「ここで爆発物を作っていたとは思えませんね」

そう言う声が聞こえた。女性の声なので、特殊班の西田だとわかる。

それにこたえたのは、相棒の棚橋のようだ。

「そうだな……。爆薬の原料になる肥料などが見当たらない。電線のようなものもないし、それらしい工具もないな……」

高丸は、あらためて、部屋の中を見回してみた。男の一人暮らしにしては、片づいている。まあ、それは自分の部屋と比較してのことだが……。

衣類を脱ぎ散らかしているようなこともなければ、台所の流しに汚れた食器が積まれているようなこともない。

ベッドの脇に小さな机があり、その上にノートパソコンが載っていた。それを手に取った特殊班の捜査員が、無造作に段ボール箱に入れる。

それを見た高丸は、決して家宅捜索などされたくないと思った。パソコンの中には、他人に見られたくないものがたくさんある。

パソコンの記憶装置は、脳の中のコピーだと言った人がいる。つまり、ハードディスクやＳＳＤの中に残っているデータを見れば、持ち主の頭の中がわかってしまうのだ。

パソコンやスマートフォンの中は、絶対に見られたくない。だが、警察は日常的にそういうものの解析をやっているのだ。

特に通信記録は重要だ。誰とどんなメッセージのやり取りをしたか。それは警察にとって、実に「おいしい」情報なのだ。

被疑者は、情報を丸裸にされる。それを知っているので、高丸は絶対に被疑者にはなりたくないと思っている。

高丸は、丹念に端から本を見ていくことにした。警察官は適当なサンプリングなどしない。調べるとなったらすべてを調べるのだ。

書物を調べ終わったが、特に怪しいものはなかった。書き込みや傍線も見当たらない。

本棚の書物はだいたいが小説で、思想信条に関わるようなものは見当たらない。

午後四時半頃、縞長が言った。

「さて、みんな、どんな様子だね？」

棚橋がこたえた。

「こちらは、あらかた終わりました」

吾妻が言う。

「浴場とトイレも終わった」

高丸は言った。

「本棚も終わりにしていいと思う」

縞長はうなずいて言った。

「じゃあ、管理会社の人に電話して、引きあげよう」

午後五時少し前に、渋谷署の特捜班本部に到着した。段ボール箱四つの押収物《おうしゅうぶつ》が持ち込まれた。

部屋の壁際にブルーシートを敷き、その上に押収物を丁寧に並べていく。それを担当したのは、特殊班の四人と縞長だった。

こういうことは慣れた人に任せるに限る。それらすべてを写真に収めると、家宅捜索を行った十人全員で精査していった。

縞長が高丸に言った。

「捜索の時間より、こうして押収物を調べるほうがずっと時間がかかるんだ」

「何か手がかりが見つかるといいんだけど……」

「見つかると信じてやるんだよ」

しばらくして高丸は、特殊班の四人が集まって何事か話し合っているのに気づいた。縞長もそれに気づいたらしく、彼は四人に尋ねた。

「何か、見つけましたか？」

棚橋が言った。

「あ、メモなんですがね……。人名が書いてあるので、何かの手がかりにならないかと……」

「すぐに、徳田班長か高畑班長に報告しましょう」

特殊班の捜査員が、その紙片を持って高畑班長のところに行った。

高畑班長は、徳田班長と新堀隊長の元に近づき言った。

「メモに、荻生《おぎゅう》壮太《そうた》とあるのですが……」

徳田班長が繰り返す。

「オギュウ・ソウタ……？」

そのとき、縞長が「あっ」と声を上げた。その場にいた全員が、縞長に注目した。

高丸は尋ねた。

「どうしたんだ？」

縞長が高丸に言った。

「その名前、記憶にある。そうか……、内田と会っていた男、どこかで見たことがあるような気がしていた……」

高丸が尋ねた。

「指名手配犯なの？」

縞長はかぶりを振った。

「それならはっきりと覚えているはずなんだ」

「指名手配犯全部を覚えているわけじゃないだろう。写真を見たことがないやつだっているはずだ」

「それなら、まったく記憶にないはずなんだ。もし、指名手配犯なら、はっきり覚えているか、全然覚えていないかのどちらかだ。見覚えがある、なんて中途半端なことはないんだよ」

さすが、見当たり捜査のレジェンドだ。たいした自信だと、高丸は思った。

「それで、この荻生壮太は何者なんだ？」

「逮捕歴があるんだと思う。どこかでその記録を見たことがある」

徳田班長が尋ねた。

「どこで見たんだ？」

「公安の事案だったと思います」

それを聞いた新堀隊長が言った。

「公安か……。田端課長が問い合わせてくれると言っていたが、せっついたほうがいいな」

課長に何か催促をするなど、隊長にしかできない芸当だ。

新堀隊長はすぐに警察電話の受話器を取った。

吾妻が言った。

「ドライブレコーダーから人着を入手したとき、犯罪歴等は調べたんだろう」

それにこたえたのは、特殊班の高畑班長だった。

「人着だけじゃどうにもならん」

「顔認識ソフトとか、あるんじゃないですか？」

「ソフトの精度はそれほど高くないし、認識ソフトと過去の犯罪歴等のデータベースがリンクしていないと意味がないが、それほどのシステムになっていないんだ」

「驚きましたね。科学捜査が重要と言いながら、その程度の状態なんですか？」

「君たち地域や交通の連中は充分恩恵に与っているだろう。パトカー内の端末から、車の所有者や違反歴などの情報に、すぐにアクセスできる。そっちのシステム構築に金と時間がかかって、捜査はまだまだなんだよ」

「なるほど……」

「それにしても……」

高丸は縞長に言った。「公安の逮捕歴なんて、どうして知ってたんだ？」

「私、捜査共助課にいたんで、逮捕者の記録を眼にすることが多かったんだよ。刑事部だけでなく、公安とか他部署の逮捕者も……」

棚橋がうなずいた。

「ああ、そうですね。そういう機会はけっこうありますね」

そう言えば、棚橋も捜査共助課にいたことがあると言っていた。

棚橋がさらに言った。

「ですが、そんな記録をいちいち覚えていられるものではありません。さすが、縞長さんです」

縞長は、きまり悪そうな顔をしている。どうしていいかわからないのだ。彼は、ほめられることに慣れていないのだ。

特殊犯捜査第一係の増田に「役立たず」呼ばわりされたが、きっと縞長はこれまでそういう経験が多かったに違いない。

受話器を置いた新堀隊長が言った。

「田端課長はすでに、公安総務課に問い合わせをしているが、まだ返事がないということだ。荻生壮太の名前を告げると、再度、問い合わせると言っていた」

特殊班の高畑班長が言った。

「相手は公総課長ですか。苦労しますね……」

新堀隊長がこたえる。

「公総課長は、キャリアの警視正だからな。だが、田端課長はそんなことは気にしないよ」

それから、新堀隊長は付け加えるように高畑班長に尋ねた。「野沢一丁目の現場はどうなっている？」

「依然、膠着状態のようです。一係は、突入の準備も整えています」

「突入か……」

新堀隊長は腕組みをした。「難しい判断だな」

高畑班長がこたえた。

「それをやるのが特殊班です」


午後六時頃、新堀隊長宛の電話があった。新堀隊長は電話の相手と話した後、受話器を置くと、机上のパソコンを操作した。

「田端課長からだ。公安総務課から返事があった。間違いなく荻生壮太は、公安事案での逮捕者だった。資料が届いている」

新堀隊長が、ノートパソコンをくるりと回すと、徳田班長と高畑班長がそれを覗き込んだ。資料の中には、顔写真もあるようだ。

高畑班長が言った。

「間違いない。ドライブレコーダーに映っていた男だ」

新堀隊長が言う。

「これで、内田と会っていたのが、荻生壮太と判明したわけだ。荻生壮太の所在を全力で追うぞ。高畑班長は、現場の一係に、荻生の情報を伝えてやってくれ」

高畑班長が「了解しました」とこたえた。

新堀隊長のパソコンに送られた荻生壮太の資料が、特捜班全員のパソコンに配布された。さらに、高丸はその中にあった顔写真をスマートフォンに取り込んだ。

徳田班長と高畑班長を中心とした輪ができた。

高畑班長が言った。

「資料によると荻生は、かつて新左翼などと呼ばれた極左暴力集団に参加していた」

高丸は同じ資料を読みながら、その説明を聞いていた。逮捕の罪状は住居侵入罪だ。

高畑班長の説明が続く。

「起訴はされていない。今もその組織に属しているかどうかわからない。まずは、所在を確認して身柄を確保することだ。逮捕時の住所があるから、それを当たってくれ。それと、極左暴力集団の周辺を当たる必要もあるかもしれない」

吾妻が挙手して言った。

「極左暴力集団を調べるとなると、公安の手を借りなければ無理じゃないですか？」

高畑班長がこたえた。

「公安が出張ってくると、面倒なことになるぞ」

「そうなんですか？」

「彼らの秘密主義は徹底しているしな、我々が極左暴力集団など公安がマークしている組織に触れることを極端に嫌うんだ」

「そんなことを言っているときじゃないと思いますが……」

「いずれにしろ、公安からの情報がもっと必要になるかもしれない。そのへんは、新堀隊長を通じて、公安に頼んでみるしかないな」

「わかりました」

吾妻はそう言ったが、本当に納得したのだろうか。高丸は疑問だった。

続いて、徳田班長が言った。

「機捜231、機捜235及び、警視235は、逮捕時の荻生の住所を訪ねてくれ。身柄確保に備えて全員で連携する態勢を取ってくれ。もし、移転していたら、全力で移転先を探せ」

さらに、高畑班長が言った。

「特殊班は、荻生が住んでいたあたりで聞き込みだ。どんなことでもいいから探り出せ」

捜査員たちが一斉《いっせい》に返事をしたとき、新堀隊長の声が聞こえた。

「晩飯はしっかり食っておけよ。腹が減っていちゃ戦《いくさ》にならんぞ」

時計を見ると、午後六時三十分だ。そういえば、腹が減ったなと、高丸は思った。

14

渋谷署近くの丼物《どんぶりもの》のファストフード店で、二十分で夕食を済ませ、機捜231、機捜235、警視235の計六人は、荻生の住所に向かった。

江戸川区中央一丁目。まったく土地鑑のないあたりだ。ハンドルを握る高丸は、カーナビを一瞥《いちべつ》してから言った。

「普段は、第三方面から出ることがないので、なんかへんな感じだね」

「捜査一課になったら、都内全域、どこへでも出張らなきゃならないんだよ」

「捜査一課に行くことなんて、考えてませんよ」

「そういうことは、素直《すなお》に言ったほうがいいよ。誰が聞いているかわからないからね」

高丸はふと、捜査一課長の官舎を訪ねたときのことを思い出していた。

夕方で道が混んでおり、現着するのに一時間半もかかった。時刻は、午後八時二十分だ。

そのあたりは、住宅街だが、大きな倉庫やオフィスビルもいくつかあった。荻生が住んでいたのは、小さなアパートだった。

部屋のドアが路地に面して並んでいる。

高丸は言った。

「シマさん、また内田の部屋のガサのときみたいに、指揮を執ってよ」

「なんで、私が……」

「刑事の経験があるじゃない」

「あなただって刑事でしょう」

機動捜査隊員が刑事かどうか、ちょっと考えてしまった。間違いなく刑事部に所属しているが、一般の捜査員とはやはり違う。

「捜査経験という意味だよ」

「わかった」

縞長は言った。四の五の言っている場合ではないと思ったのだろう。「じゃあ、篠原さんたちは、荻生が逃走を試みたときのために、私たちの背後にいてください。吾妻さんたちは、裏に回ってください」

吾妻が「了解」とこたえて、その場から離れていく。篠原と大久保は後ろに下がった。

高丸は言った。

「部屋の明かりが点《つ》いているんで、誰かいるね」

「訪ねてみよう」

縞長がドアをノックした。

すぐにドアの向こうから返事があった。

「はい、どなた？」

縞長が言った。

「警視庁です。ちょっと、お話をうかがえませんか？」

足音が近づいてくる。しばらくして、ドアが細く開いた。

「警視庁……？　いったい、何なの？」

顔を覗かせたのは、若い男だった。

縞長が尋ねた。

「こちら、荻生さんのお宅ですよね？」

「荻生？　誰それ。違いますよ」

「あ、荻生さんをご存じありませんか？」

「知らないよ」

「失礼ですが、お名前は？」

「小寺《こでら》だよ」

「申し訳ありませんが、身分証があれば見せていただけますか？」

彼はポケットから財布を出し、そこから自動車の免許証を抜き取って示した。高丸は、
小寺修《おさむ》という名前を確認した。

縞長が言った。

「住所が、ここと違っていますね」

「ああ、引っ越してまだ住所変更してないから……。あ、荻生って、もしかして、前にここに住んでいた人？」

「最近、引っ越してこられたんですか？」

「一ヵ月くらい前だけど……」

「ここはどうやって見つけたんですか？」

「ネットで探したんだ」

「契約は？」

「不動産屋が間に入って、大家さんと……」

「大家さん？」

「ああ、隣の家が大家さんの自宅だよ」

「そうですか。いや、夜分にどうも失礼しました」

「ねえ、何があったの？」

若者は興味津々《しんしん》の様子だ。

「それなんですがね、言うとクビになるんですよ」

縞長と高丸は、小寺修の部屋を離れた。篠原が高丸に尋ねた。

「空振りか？」

「荻生は引っ越したようですね。別の人が住んでました」

「そうか……」

縞長が篠原に言う。

「私ら、大家に話を聞いてくるんで、念のためここで張っててくれますか？」

「わかった。裏にいる吾妻たちはどうする？」

「彼らも現状のままで……」

「じゃあ、俺から連絡しておく」

「お願いします」

高丸と縞長はアパートのすぐ隣に建っている二階建ての家を訪ねた。門にインターホンがある。

ボタンを押すと、ほどなく返事があった。高齢の女性の声だった。縞長が名乗ると、門の中に入るように言われた。

二人が玄関まで進むと、ドアが開いた。中から、高齢の女性が顔を見せた。

「警察の方ですか？　何でしょう？」

「ここにお住まいになっていた、荻生壮太さんについてうかがいたいのですが……」

「ああ、荻生さん……」

背後から声がした。

「どうしたんだ？」

高齢の女性は、一度振り向いてから縞長に言った。

「あ、主人です」

背後からまた声がする。

「とにかく、入ってもらえ」

高丸と縞長は、玄関の中に招き入れられた。

大家の名前を尋ねた。太田和之《おおたかずゆき》、年齢は七十一歳。妻は久子《ひさこ》、六十九歳だ。

縞長は尋ねた。

「荻生壮太さんは、引っ越したんですね？」

太田和之がこたえる。

「ええ。そうです」

「いつ頃ですか？」

「ええと……。二ヵ月くらい前になるかなあ……」

久子が補うように言う。

「小寺さんが引っ越してこられたのが、一ヵ月前で、それまで一月《ひとつき》ほど部屋が空いていたから、荻生さんが越したのは、二ヵ月前で間違いないわね」

「荻生壮太さんが、どちらに引っ越されたか、ご存じありませんか？」

「さあなあ……。ほとんど話をしたこともなかったのでね」

「家賃はどうやって受け取っていたんです？」

「間に不動産屋がいましてね。その不動産屋がすべてやってくれていました」

「その不動産屋を教えていただけますか？」

「ああ、いいですよ」

太田和之がいったん奥に引っ込んだ。その隙に、久子が縞長に尋ねる。

「荻生さん、何かやったんですか？」

「いやあ、ちょっと居場所を知りたいだけなんです」

「なぜ、捜しているんです？」

そこに太田和之が戻ってきて不動産屋の名刺を見せてくれた。

葛飾区新小岩《しんこいわ》一丁目にある「カワキタ不動産」の、木下真《きのしたまこと》という営業スタッフの名刺だった。高丸はスマートフォンで、その名刺の写真を撮った。

長居をすると、奥さんがまた質問を始めるかもしれないと思い、高丸は言った。

「では、失礼します」

縞長がそれに付け加えて言った。

「ご協力、ありがとうございました」

太田の自宅を離れると高丸は、篠原たち四人に集合をかけ、説明した。

「荻生が引っ越したのは本当のことのようです。大家の確認が取れました」

篠原が尋ねた。

「移転先は？」

「アパートの管理をしている不動産屋を教えてもらったので、行ってみようと思います。

ＪＲ新小岩駅の近くのようです」

「わかった。移動しよう」

高丸は、カワキタ不動産の所在地をみんなに教えた。

機捜２３５に戻ると、助手席の縞長が言った。

「本部に報告を入れておく」

「よろしく」

縞長が携帯電話で連絡を始めると、高丸は車を出して、新小岩駅方面に向かった。

縞長が電話を切ると、すぐに着信があった。

「篠原さんからで、機捜２３１と警視２３５は、車内で待機しているとのことだ」

「まあ、警察官が六人も訪ねていったら、不動産屋もびっくりするからね」

高丸は駅前のロータリーに車を停め、徒歩で商店街を進んだ。カワキタ不動産はその商店街に面していた。

　すでに店舗は閉まっているが、まだ中に人がいる様子だ。高丸は迷わず、ガラス製のドアを叩いた。すぐには反応がなかった。さらに、叩きつづけると、ガラス戸の向こうに人影が見えた。

　怪訝そうな視線を向けてくる。

　高丸は警察手帳を出して掲げた。相手は、さらに訝しげな顔になり、ようやく出入り口に近づいた。自動ドアのスイッチが切ってあるらしく、彼は解錠してから手動でドアを開けた。

　相手は、五十代の男性だ。

「警察？　何の用です？」

　高丸は言った。

「木下真さんというのは、こちらの社員ですね？」

「ええ。木下はうちの者ですが……」

「失礼ですが、あなたは……」

「川北《かわきた》といいます」

「ここの経営者の方ですね」

「そうです。あの、木下が何か……？」

「木下さんは、江戸川区中央一丁目の太田さんのアパートの管理を担当していらっしゃいますね？」

「ああ、太田さんね。ええ、そのとおりですが……」

「そのアパートに二ヵ月ほど前まで入居していた荻生壮太という人についてうかがいたいのですが……」

「何が訊きたいんです？」

「その人がどこに引っ越したのか、わからないでしょうか？」

「私ら不動産業ってのは、入居している方やこれから入居される方を相手にする商売なんですよ。出ていった人のことは、わからないですねえ……」

「退去するときに、部屋のチェックとかしますよね」

「ええ」

「そのときに、移転先を聞いたりしませんか？」

「普通はしないですね」

「そうですか……」

「あ、でも電話番号はわかりますよ」

「教えていただけますか？」

「ただですねえ……」

川北は渋い顔になった。「私ら、個人情報取扱事業者なんで、第三者には情報を提供できないんですよ」

以前も同じようなことがあったのを、高丸は思い出した。あのときの縞長の対処を真似《まね》ることにした。

「警察が法令の定めによって情報提供を求める場合はだいじょうぶなんですよ」

「そうなんですか？　本当でしょうね？　後でうちが処罰されることはないですね？」

「ありません」

そう言い切っていいはずだと高丸は思った。

川北はどうやら納得した様子で、スチールの棚に向かって探し物を始めた。

「あ、あった。これだな……」

彼は書類を持って戻ってきた。不動産の契約書だった。「ここに電話番号があります」

高丸は言った。

「これ、本人の筆跡ですね？」

「そうですね」

「お預かりできませんか？」

「え、契約書をですか？」

「はい」

川北はしばらく考えてから言った。

「まあ、いいでしょう。お持ちください」

「ありがとうございます」

「警察に協力すりゃあ、いいこともありますよね」

「そう思いますよ」


車に戻ると、縞長が言った。

「昔は、電話といえば固定電話だったので、引っ越すと変わっちまったけど、今は携帯電話だから助かるね」

契約書に書かれていたのは、携帯電話の番号だった。

高丸は言った。

「さて、これからどうしよう」

「いきなり荻生に電話するわけにもいかないねえ。いったん本部に持ち帰ろうか」

高丸はうなずくと言った。

「機捜231と警視235に連絡しよう」

「吾妻さんに電話してくれ。私は篠原さんにかける」

「了解」

高丸は吾妻に電話した。

「荻生の電話番号が記載されている不動産契約書を入手しました。それを持って、特捜班本部に引きあげようと思います」

「わかった。我々も引きあげる」

「では、本部で……」

高丸は電話を切ると、エンジンをかけた。


夜の渋滞もすでに解消しているし、上り方向の道路は空いており、渋谷署には四十分ほどで到着した。機捜231と警視235も、ほぼ同時に駐車場に入った。

高丸たち六人は、まっすぐに特捜班本部に向かった。

「ただ今戻りました」

出入り口でそう言ったとたん高丸は、室内の緊張感に気づいた。思わず、縞長と顔を見合わせる。

高丸と縞長は、足速に徳田班長に近づいた。徳田班長が二人に言った。

「特殊犯捜査第一係が、突入を決めたようだ。高畑班長のところに連絡があった」

「突入……?」

「交渉の余地がなく、人質の体力が限界だと判断した」

新堀隊長が言った。

「ぎりぎりの選択だ」

高丸は、徳田班長に尋ねた。

「もう突入したんですか？」

「まだ、その知らせはない」

高丸はそれ以上何も訊けなかった。

逆に徳田班長が高丸に質問した。

「不動産業者を訪ねるということだったが、どうなった？」

「荻生の不動産契約書を入手してきました。携帯電話の番号が記載されています」

「わかった。それを元に、なんとか荻生の所在を割り出すんだ。我々は我々のやるべきことをやらなければならない」

「はい」

高丸は、徳田班長の元を離れ、篠原や吾妻たちのところに行った。

「携帯電話の通信業者に問い合わせれば、荻生の現住所がわかるかもしれない」

篠原が言った。

「区役所を当たろう。あとは、郵便局だな。転送の手続きをしているかもしれない」

すると、吾妻が言った。

「いずれにしろ、今夜はもう無理だ。明日の仕事だな」

誰もが、突入の結果が気になるのだ。

それからしばらくは、誰も口を開こうとしない。テレビが点いていて、現場からの中継が放映されている。

今、特捜班本部では、報道以外に現場の状況を知る術《すべ》がない。現場では署外活動系の無線を使っているはずなので、本部でそれを受信することができないのだ。

突然、テレビから緊迫した声が流れた。

「あ、今動きがあったようです。まだ確認できていませんが、何か動きがあった模様です」

その場にいた者全員がテレビの前に集まった。

携帯が振動する音がする。

「はい」

そうこたえたのは、特殊班の高畑班長だった。「確保？　被疑者確保だな？」

高畑班長は、新堀隊長に向かって言った。

「内田を確保しました」

一瞬、全員が固まった。テレビからの音声だけが流れている。

次の瞬間、部屋中に「ほうっ」という安堵《あんど》の息が洩れた。

15

「人質は無事か？」

新堀隊長が、高畑班長に尋ねる。

携帯電話を片手に持ったままの高畑班長が、それを電話の相手に確認してからこたえた。

「無事です。検査のために病院に運ばれたそうです」

「内田の身柄はどこに運ばれた？」

「取りあえず、世田谷署に運びました。特殊犯捜査第一係が、取り調べに当たっているということです」

「荻生壮太についての情報を伝える必要があるな」

「この電話で、大筋を伝えます。詳しい情報は追って……」

「そうしてくれ」

高畑班長がその指示に従って、電話で会話を続けている間、新堀隊長は、徳田班長に言った。

「内田が荻生と何を交換したのか。荻生は何を目論《もくろ》んでいるのか……。いろいろと訊きたいことがあるな」

「現場にいた特殊犯捜査第一係は、こちらの動きを把握していません。彼らの役割は、人質立てこもり事件を解決することでしたから……」

「これで事件解決といかないことを、ちゃんと説明しなければならないな……」

「隊長から、ＳＩＴの葛木係長にお伝えいただくのが一番でしょう」

「いや、いくら何でも、俺の手に余る」

それを聞いた高丸は思った。

隊長は、機捜隊員にとって、はるか高みにいる存在だ。その隊長の手に余るというのだ。大事だということはわかるが、それがどれくらいたいへんなことなのか、実感が湧かない。

徳田班長が尋ねた。

「では、どうします？」

「田端課長に相談しよう。電話してくれ」

徳田班長が警察電話の受話器を取った。

受話器を耳にして、言った。

「課長につながらないようですね……」

「内田確保の直後だからな。連絡が集中しているんだ。かけつづけるように言ってくれ」

警察電話は、警電と略されるが、警察庁から警視庁、その他各道府県警本部、そして所轄署、交番に至るまで、すべての警察機関が網羅されている。警察専用の自動車電話、携帯電話もカバーされている。

さらには、WIDEと呼ばれるシステムによって、警察無線ともつながっている。

徳田班長の電話はおそらく、刑事総務課につながっており、その担当者は、捜査一課長室の固定電話、官舎の固定電話、携帯電話、公用車の無線、すべてで連絡を取ろうとしているはずだ。

にもかかわらず、課長につながらないのだ。

徳田班長は、受話器を離さず、呼び出しを続けさせた。ようやく課長が電話に出たのは、午後九時五十五分。内田の身柄確保の知らせが入ってから十五分後のことだった。

新堀隊長が、詳しく事情を説明している。

その様子を見ながら、吾妻が、高丸と縞長に言った。

「この先、どうなるんだろうな……」

高丸はこたえた。

「俺に言われてもわかりませんよ」

縞長が言った。

「新堀隊長が、手に余るというのだから、もはやこの特捜班だけでは対処できないということだろうね」

高丸は縞長に尋ねた。

「俺たちは、お役御免というわけ？」

「さあ……。それはわからない。だがね、もし本当に荻生が爆発物を入手したのだとしたら、テロ対応を考えなければならないだろう。それ専門の連中に任せるしかない」

「そりゃそうだね」

吾妻が言う。「地域部の俺には手が出せない」

高丸は言った。

「機捜だって、そんな訓練は受けてないからなあ……」

ここまで来て、事案から離れるのは、なんだか残念だった。くたくたに疲れているので、お役御免になればありがたいはずなのだが……。

長い電話を終えて受話器を置くと、新堀隊長が言った。

「田端課長は、捜査本部を立ち上げると言っている。内田の身柄が世田谷署にあり、荻生と内田が接触したのが目黒署管内。荻生が住んでいたのが小松川《こまつがわ》署管内だ。事案が広域に及ぶことや、緊急性に鑑《かんが》み、捜査本部は警視庁本部内に設置される」

ああ、これはいよいよお役御免だなと、高丸は思った。

警視庁本部内に設置される捜査本部となれば、主体は捜査一課だろう。明日は、本格的に荻生の行方を追うつもりだったので、心残りだった。

さらに、新堀隊長の言葉が続いた。

「したがって、この渋谷署の特捜班本部を引き払う」

やはり、特捜班は解散なんだ……。

新堀隊長の話にはまだ続きがあった。

「……そういうわけで、これから警視庁本部に移動だ」

誰が移動するのだろう。高丸はそんな思いで、新堀隊長を見ていた。たぶん、他の者たちも同様の疑問を抱いているのだろう。

みんなを代表する形で、徳田班長が新堀隊長に尋ねた。

「誰が移動することになりますか？」

「ここにいる全員だ。この特捜班と立てこもりの現場にいた特殊班第一係が、事情を最も詳しく知っている。まずは、その二つを合体させる形で、捜査本部を立ち上げる。増員はそれからだ。おそらく公安からも人員が来るだろう」

意外な言葉に、高丸はしばし茫然《ぼうぜん》としていた。

俺が、捜査本部の一員に……。

他の者たちも戸惑っている様子だ。そんな中で、吾妻だけはどこか面白がっているような顔だった。

新堀隊長の声がした。

「何をぼうっとしているんだ。さあ、警視庁本部に急ぐぞ」

「本部の駐車場に、どうやって入るか、知ってる?」

機捜235のハンドルを握る高丸は、助手席の縞長に尋ねた。

「231についていけばだいじょうぶだよ」

渋谷署の特捜班本部を畳んだ一行は、機捜車などの車両に分乗して、警視庁本部に向かった。

機捜231の後部座席には、新堀隊長と徳田班長が乗り込んだ。高丸たちの後ろには、特殊犯捜査第三係の棚橋・西田ペアがいた。

「あの……」

棚橋が言った。「内堀《うちぼり》通りを、国会議事堂方面に向かっていけば、すぐにわかります」

棚橋たちは警視庁本部で勤務している。最初から彼らに訊けばよかったのだ。

高丸は言った。

「わかりました。ありがとうございます」

棚橋がさらに言う。

「おそらく、高畑班長から本部に連絡が行っているはずですから、駐車場入り口に、ニンジン持った誘導係がいるはずです」

ニンジンというのは、オレンジ色の誘導棒のことだ。

渋谷から六本木《ろっぽんぎ》通りを通って国会前経由で行くと、警視庁は道の向かい側になる。だから、機捜231は、外務省上《うえ》の信号を右折して、警視庁本部庁舎をぐるりと回る形で駐車場に向かった。

　高丸はそれにぴたりとついていった。

　棚橋が言ったとおり、誘導棒を振っているのが見えた。機捜231がその誘導に従って駐車場に入っていく。高丸も難なく駐車場に進入できた。心配することなど何もなかった。

　警察はこういう場合の段取りはとてもしっかりしている。

　車を降りてからも、実に円滑だった。係員が、新堀隊長以下特捜班のメンバーを待っていて、捜査本部が作られている部屋に案内してくれた。

　エレベーターの前で、新堀隊長が言った。

「これは、低層用のエレベーターだな。十七階の大会議室じゃないのか?」

「いえ。六階の刑事部にある会議室です。大会議室では目立つと、一課長が……」

「まあ、どんな部屋だっていい」

　エレベーターが六階に到着する。

　これが本部の刑事部かと、高丸は思った。機捜も警視庁本部所属だ。だが、普段高丸がここに来ることはない。

「なんだ、緊張してるんじゃないのか」

そんな高丸を見て、縞長が言った。

「そりゃあ、本部だからね。そうか、シマさんは、捜査共助課だったから、ここで働いていたんだよね」

「そう。ここに来たときは、もう背水の陣だったね」

会議室に着くと、すでに十人ほどの人々が、机の配置を変えていた。できるだけ大人数が座れるように、学校の教室のような配置にしている。

正面には幹部席があり、すでにそこに田端課長の姿があったので、高丸は驚いた。

「気をつけ」

新堀隊長が大声で号令をかけた。

高丸たちは、その場で気をつけをした。

田端課長が顔を出入り口のほうに向けた。

新堀隊長が言った。

「特捜班、到着しました」

田端課長が言った。

「挨拶はいいから、こっちに来てくれ。紹介しよう。特殊班第二の芦川琢磨《あしかわたくま》係長だ」

特殊犯捜査第二係の係長ということだ。

芦川は立ち上がって言った。

「第二機捜隊の新堀隊長ですね。事情は今、課長からうかがいました」

田端課長が新堀隊長に言った。

「こっちに座ってくれ」

正面の席で、新堀隊長と芦川係長が、田端課長を挟んで座る形になった。

幹部たちが話をしている間、高丸たちは為《な》す術もなく立ち尽くしていた。

「おい、突っ立ってないで、机を並べるんだよ」

高丸は、その声のほうを見た。

大声で指図《さしず》したのは、特殊犯捜査第一係の増田だった。現場を外され、警視庁本部で待機を命じられていたはずだ。捜査本部ができることになり、捜査への復帰を許されたのだろう。捜査本部は、とにかく人手が必要だ。

高丸は、縞長の表情がたちまち曇るのに気づいた。顔を合わせたくないやつといっしょに捜査をしなければならない。気が滅入《めい》って当然だ。

吾妻が増田に言った。

「どうやって並べるのか、指示してもらわないと……」

「それくらい言われなくてもわかるだろう。捜査本部なんだぞ」

「俺は自ら隊なんでね。捜査本部なんかには、ほとんど縁がないんだ」

「自ら隊だと？　トーシロかよ」

トーシロは素人のことだ。

他の係員が言った。

「テーブルはじきに並べ終わるので、君らはそれぞれのテーブルに椅子を並べていってくれ」

吾妻が「了解」と言って作業を始めた。

増田は、現場を外されても反省していない様子だと、高丸は思った。

新堀隊長が大きな声で言った。

「おい、徳田班長。みんなを集めてくれ」

徳田班長が「集合」をかけると、捜査員たちは幹部席に集まった。

新堀隊長が説明した。

「内田が所持していたリュックの中身がわかった。袋入りの肥料と現金二百万円だ。肥料は明らかに爆発物の材料だ。中目黒駅前でリュックを交換しているので、これらのものは、つまり、荻生が用意したものだということだ」

それを受けて、田端課長が言った。

「荻生が公安で逮捕歴があるのは知ってのとおりだ。だから、公安も今こっちに向かっている」

そして、新堀隊長が言葉を続ける。

「内田は、まだ何もしゃべっていない。こちらに身柄を移して、本格的な取り調べを行う。取調官は、特殊班第三の高畑班長にやってもらう。高畑班長」

「はい」

「記録係や補佐役は、君が選んでくれ」

「では、機捜の徳田班長といっしょにやらせてください。記録係は、うちの棚橋にやらせます」

高畑班長が徳田班長を指名したことが、高丸には意外だった。特殊班の機捜に対する評価は、それほど高くはないと思っていたのだ。

だが、そんなことは問題ではなかったのだ。高畑班長は、徳田班長個人の実力や人となりを評価したに違いない。

新堀隊長が田端課長を見た。田端課長がうなずいて言った。

「いいだろう。夜間の取り調べは、人権上問題視する向きもあるが、急を要することなので、内田の身柄が到着し次第、始めてくれ」

再度、新堀隊長が言う。

「特殊班第一、第二、第三合わせてさらに、増員する予定だ。すでに述べたとおり公安も来る。人員がそろったところで、情報共有し、あらためて、荻生についての捜査を始める」

新堀隊長の話が終わると、捜査員たちはその場を離れ、今しがた並べたばかりの捜査員席に向かった。

席に着くと、横から声が聞こえた。

「おう、捜査本部なんて、久しぶりだろう」

そちらを向くと、増田が立っていた。高丸にではなく、隣にいる縞長に言ったのだ。

縞長がこたえた。

「ああ、そうだね……」

「前みたいに、また足を引っ張らないでくれよ」

縞長は何も言わない。

やはり、こいつは反省などしていないのだ。高丸が何か言おうと思っていると、増田は歩き去った。

高丸は縞長に言った。

「なんだよ、あいつ……」

「すまんね。私のせいで嫌な思いをさせて……」

「あんなやつが、よくＳＩＴにいられますね」

「まあ、いろいろ言うだけあって、優秀なやつなんだよ。仕事熱心でね……。だからこそ、仕事ができない者に厳しいんだ」

「だからといって……」

「たしかに、昔、私は役立たずだったからね」

「今は、昔のシマさんじゃないんだ」

「私は平気だよ。だから、気にせんでくれ」

とても平気には見えなかった。

いつも飄々《ひょうひょう》としていながら、いざというときには頼りになる縞長だが、今はすっかり小さくなっているように見える。

縞長が言った。

「それより、荻生だがね。あいつの部屋を見て、感じたんだが、二百万円もの金を都合できるような生活だとは思えないんだ」

どうやら話題を変えたいらしい。高丸はそれに乗ることにした。

「必死に貯《た》めたのかもしれないよ」

背後から声が聞こえた。

「俺も、縞長さんと同じ考えだな」

振り向くと、そこに吾妻が座っていた。隣には森田がいる。

高丸が吾妻に言った。

「同じ考えって、どういうことですか？」

「荻生個人が用意した金じゃないかもしれないってことさ」

「背後に組織か何かがあるということですか？」

「だって、公安に捕まったことがあるんだろう？」

縞長が言った。

「極左暴力集団に加わっていたことがあるということだね」

「その組織からの金でしょうか？」

縞長がかぶりを振る。

「早合点《はやがてん》はいけない。第一、そんな動きがあれば、公安が察知しているんじゃないかね」

吾妻が言った。

「知ってて、何も言わないのかもしれない」

縞長が首を傾げる。

「まあ、公安からも人が来ると言っていたから、そのへんのことも何かわかるんじゃないかね」

そのとき、数人が入室してきた。その中の一人が言う。

「遅くなりました。特殊犯捜査第三係の床井《とこい》です」

すると、幹部席の田端課長が言った。

「おう、床井係長か。連れてるのは援軍か？」

「はい。第二班です」

「こっちに座ってくれ」

田端課長は、新堀隊長を床井係長に紹介した。挨拶を済ませると、床井係長は、芦川係長の隣に腰を下ろした。

それから、ややあって、今度は四人組が入室してきた。彼らは、無言で捜査員席の脇を通ると、幹部席に向かった。

田端課長が彼らを見て言う。

「公安だね？」

その中の一人がこたえる。

「はい。公安第一課から参りました」

彼は、楠本《くすもと》正一《しょういち》と名乗った。他の三人も、次々と名乗る。

川口《かわぐち》恭治《きょうじ》、中村《なかむら》徹人《てつと》、田辺《たなべ》公彦《きみひこ》。

高丸はそれを聞いていたが、どうせ一度では覚えられないと思った。捜査本部内で彼らと直接関わることもないだろう。それに、縞長なら一度聞いた名前を忘れないはずだ。高丸は、縞長を頼りにしていた。

「彼ら、ずいぶん日焼けしてますね。公安という感じじゃないなあ」

高丸が言うと、縞長がこたえた。

「公安の連中は、けっこう日焼けしてるんだよ」

「え……。そうなんですか？」

「対象者の行確《こうかく》することが多いんでね」

四人は、よく日焼けしていて一様に髪が短い。「公安」という言葉から来るイメージを少々改めなければならないな、と高丸は思った。

田端課長が言った。

「さっそくだが、荻生壮太とその背後関係について教えてもらえるか？」

「それが……」

楠本が戸惑ったような表情を浮かべる。「うちでもほとんどマークしてないんですよ」

「逮捕したことがあるんだろう？」

「ええ。極左暴力集団のビラを配っていたのでパクったんですが、末端も末端だったので、すぐに釈放しました」

「その後、組織内で出世したというようなことは……？」

「ありませんねえ。すでに組織を離れているはずです」

田端課長と新堀隊長は顔を見合わせた。

それから田端課長が、捜査員席に座ってくれ」

「取りあえず、捜査員席に座ってくれ」

「はい」

四人が席に向かったとき、出入り口で大きな声がした。

「内田の身柄が届きました」

16

身柄到着を告げたのは、特殊犯捜査第一係の葛木係長だった。

田端課長が、戸口に向かって言った。

「おう、葛木係長か。ご苦労。他の者は？」

「こちらに向かっています」

「よし」

田端課長が言った。「すぐに取り調べを始めてくれ。なんとか荻生のことを聞き出したい」

葛木係長が言った。

「引き続き、自分が取調官をやりますか？」

「いや。リュックを交換した事情をよく知っている第三係の高畑班長と機捜の徳田班長にやってもらう」

「了解しました」

葛木係長は、顔色一つ変えない。それを見て、高丸は縞長に言った。

「取調官を交代させられることに、抵抗はないんですかね……」

その問いにこたえたのは、縞長ではなかった。

「葛木係長は、とても合理的な考え方をするのです」

その声は、縞長の向こう側から聞こえた。そこにいたのは、西田瑞希だった。ペアの棚橋が取り調べの記録係になったので、彼女は通路を挟んだ席に一人で座っていた。

高丸が思わず聞き返した。

「合理的な考え方……？」

「そうです。どうすれば早く問題を解決できるか。葛木係長は常にそのことしか考えていません。ですから、妙な妬《ねた》み嫉《そね》みなどとは無縁なんです。でなければ、ＳＩＴのキャップはつとまりません」

縞長が言った。

「なるほど、そうだろうねえ」

葛木係長以下、約十名が部屋に入ってきた。彼らが席に着くと、捜査員席はほぼ埋まってしまった。

新堀隊長が言った。

「さすがに手狭《てぜま》になってきましたね」

田端課長がそれにこたえた。

「満員だな。だが、捜査員はここにずっと詰めているわけじゃない。ほとんどが外で捜査をするわけだから、問題はないだろう」

「そうですね」

「さて、これで捜査本部の顔ぶれもそろった。情報を共有しておこう。まず最初に、捜査本部の態勢を説明しておく。新堀隊長は警視なので、警視庁本部の管理官と同じだ。だから、管理官役をやってもらう。つまり、捜査主任官だ」

捜査主任官は、実質上の指揮官だ。

捜査員たちはうなずいた。異存のある者などいないだろう。

田端課長の言葉が続く。

「葛木係長、芦川係長、床井係長、そして、高畑班長、徳田班長の五人は予備班だ。情報の集約と整理、捜査員の班分けと運用、そして、内田の取り調べを担当してもらう。では、これまでにわかったことを報告してもらおう」

課長の言葉を引き継いで、新堀隊長が言った。

「じゃあ、シマさん、報告してくれ」

高丸は、自分が指名されなくてよかったと思った。ペア長は高丸なので、本来なら縞長ではなく高丸が報告すべきなのかもしれない。

だが、こういう場合もやはり、年齢と警察官としての経験の長さなのだ。

縞長は立ち上がり、順を追って話しはじめた。

内田を発見したのは、中目黒のコンビニの前だったこと。

その直前に、内田は荻生と中目黒駅前でリュックを交換していること。

内田のアパートを捜索して、荻生の名前を発見したこと。

警視庁の記録にあった荻生の住所を訪ねたが、すでに引っ越したあとだったこと。

それらを、滞《とどこお》りなく述べると、縞長は着席した。

「発言、よろしいですか?」

挙手をしたのは、公安第一課の楠本だった。新堀隊長が言った。

「もちろんだ。何だ?」

「荻生は、二ヵ月ほど前に引っ越したということですね?」

縞長がこたえる。

「はい、そうです。大家の確認を取りました」

「その時点で、すでに組織を離れてますね」

新堀隊長が尋ねた。

「組織というのは、極左暴力集団のことか?」

「そうです。その近くに組織の本部とも言える施設があります。印刷所があり、機関誌を発行している場所なんですが……。荻生がそのアパートに住んでいたのは、そこの近くだったからです。引っ越したということは、もうそこに用がなくなったということです」

新堀がさらに質問する。

「それは確かなのか？」

「もともと、熱心な活動家などではありません。一時期興味を持って、ビラ配りなどを手伝っていただけなんです。ですから、我々もマークしていませんでした」

「あのう……」

高丸の後ろで声がした。吾妻だった。

新堀隊長が指名する。

「何だ？」

「じゃあ、荻生は二百万もの金をどこから都合したんでしょう」

新堀隊長が考え込む。

「たしかに、内田が所持していたリュックの中には二百万円の現金があったわけだが……」

「荻生個人が内田に支払ったと考えるのは、ちょっと無理があるような気がするんです」

すると、楠本が言った。

「言いたいことはわかります。だとしたら、かつて属していた組織ではなく、新たに別な組織に加わった可能性もありますね」

新堀隊長が聞き返した。

「別な組織？　何か心当たりは？」

楠本はかぶりを振った。

「ありません。調べてみましょう」

「では、そっち方面は公安さんに頼もう。他の者は荻生の発見に全力を挙げてくれ」

楠本が言った。

「新堀隊長は、機捜の隊長でいらっしゃいますね？」

「そうだ」

「この捜査本部には、機捜隊員の方もいらっしゃるとか……」

「機捜だけじゃなくて、自ら隊もいるぞ。この事案に、最初から関わっているのが、彼らだ」

「荻生を見つけるために、公機捜《こうきそう》の手を借りてはいかがでしょう」

公機捜は、公安機動捜査隊だ。高丸たち刑事部の機捜と同様の、公安部の執行部隊だ。

「そうか。公機捜も、機捜と同じく普段は密行しているんだったな」

「はい。自分はかつて、公機捜におりましたので、公機捜本部に話を通しておきます」

「公機捜本部……。目黒だったな」

「はい」

「じゃあ、そっちはよろしく頼む。以上だ」

情報共有が終わっても、田端課長は席を立とうとしない。このまま捜査本部に残って、陣頭指揮を執るつもりだろう。

三人の係長は、幹部席を離れ、スチールデスクで作られた島に向かった。そこが予備班席になるのだ。

徳田班長と高畑班長も予備班席に座ることになるのだろうが、今彼らは内田の取り調べに当たっている。

予備班席では、班分けの作業が始まったようだ。捜査員たちは、それぞれに少人数でまとまって何事か話し合っている。

高丸はその様子をただ眺めていた。

捜査本部は、これが初めてというわけではない。だが、馴染《なじ》みがないので、どうしても借りてきた猫のような気分になるのだ。

高丸は隣の縞長に尋ねた。

「これから、どうすればいいんだ？」

「そうだね……。幹部から特別の指示がなければ、今日は解散と考えていいだろう」

後ろの席から吾妻が言った。

「じゃあ、もう帰っていいということ？」

縞長が振り向いて言う。

「原則的にはそうだけど、帰る捜査員はいないだろうね。調べに出る者もいるかもしれない」

「これから？」

吾妻があきれたような声を出す。「もう、十一時半を過ぎてるんだけど……」

縞長が笑みを浮かべる。

「捜査本部は、文字どおり不眠不休だよ」

「だから、刑事は嫌なんだ。俺はずっと地域部でいい」

予備班席から声が響いた。

「ちょっと聞いてくれ」

特殊犯捜査第三係の床井係長だった。

捜査員たちは、そちらを向いて聞き耳を立てる。

「通常、捜査本部では警視庁本部の捜査員と、所轄の捜査員を組ませるが、今回はほとんどが本部所属なので、その必要もない。また、すでに捜査が動きはじめていることから、今までどおりの態勢を維持することにした」

つまり、高丸は縞長と組んで捜査を続けるということだ。

床井係長の言葉が続いた。

「内田の取り調べの結果をもとに、捜査を続ける。公安の四人は、荻生の背後関係を洗ってくれ。それによって、荻生の目的がわかるかもしれない。特殊班は、荻生の鑑取《かんど》りと住んでいたアパート周辺の地取《じど》り。防犯カメラの映像等で、中目黒駅からの足取りも追ってくれ。機捜たちは、今日に続いて、荻生の移転先を調べる。いいな」

捜査員たちは声をそろえて「はい」とこたえる。

高丸は縞長に言った。

「つまり、今夜はここで取り調べの結果を待てということだよね」

「取りあえずは、そういうことだな。夜中に荻生の移転先は調べられないからな」

吾妻が言う。

「じゃあ、のんびり待たせてもらうか」

午前零時直前に、徳田班長、高畑班長、棚橋の三人が戻ってきた。

「どうだった？」

真っ先に尋ねたのは、田端課長だった。

三人は幹部席の前に行き、高畑班長がこたえた。

「まだ黙秘しています。荻生の名前をぶつけてみましたが、それほど動揺した様子はありません」

「リュックの交換については？」

「タクシーのドライブレコーダーに映っていたことを言いましたが、それでも何も言いませんね」

「あの二百万円は何だったんだろう……」

「それにもこたえません」

「つまり、今のところ、収穫なしということか？」

「日をまたいでの取り調べは避けようと思いました。続きは明日の朝にします」

田端課長はうなずいた。

「いいだろう。眠らせずに取った証言は、証拠として認められない恐れがある」

新堀隊長が言った。

「何か目算《もくさん》があるから、取り調べを中断したんだろう？」

その言葉に、高畑班長と徳田班長が顔を見合わせた。こたえたのは、徳田班長だった。

「当初は単なる請負《うけおい》仕事だと思っていたんですが……」

新堀隊長が確認する。

「内田が、荻生から爆発物の製作を請け負っただけだと思っていた……。そういう意味か？」

「はい。しかし、どうやら違うのではないかと……」

「なぜそう思う？」

「ただの請負仕事なら、黙秘を続けたりはしないでしょう」

「そうか……。考えてみれば、タクシーの運転手を人質に取って立てこもった理由がわからない。あれは、荻生の計画を助けるための陽動作戦だったと考えるべきだろう」

徳田班長がうなずいた。

「自分らもそう考えています。つまり、内田も、荻生がやろうとしていることに、深く関与しているということでしょう」

「テロに内田も関与しているということか？」

その新堀隊長の言葉に、公安の連中が反応するのがわかった。公安は、一度荻生を逮捕し、すぐに釈放している。その荻生がテロを実行したら、公安の立場はない。

高畑班長がこたえた。

「おっしゃるとおり、二人ともテロ計画に関与していると考えるべきだと思います」

田端課長が言う。

「何が目的のテロなんだ？」

徳田班長がこたえた。

「ポイントはそこです」

「そこって、どこだ？」

「荻生と内田が爆弾テロを計画しているとしたら、何か目的があるはずです。そして、その目的を世間に知らしめる必要がある。でなければ、派手に爆弾など使う意味がありません」

田端課長が眉をひそめて尋ねる。

「それで……？」

「内田はそれをしゃべりたがっているはずです」

田端課長は高畑班長に尋ねた。

「君も同じ意見か？」

「はい。自分もそう思います」

「なるほど……」

新堀隊長が言う。「それが、君らの目算か」

徳田班長がこたえた。

「はい。時間が経つにつれて、その欲求は高まるでしょう。ですから、朝まで待ったほうがいいだろうと……」

田端課長が、予備班席にいる係長たちに向かって言った。

「今の話を聞いていたな？　どう思う？」

真っ先にこたえたのは、葛木係長だった。

「自分も取り調べに当たりましたので、今の話はうなずけると思料《しりょう》いたします」

次に発言したのは、芦川係長だ。

「黙秘は確信犯の特徴です。そして、確信犯が自分たちの信条をしゃべりたがる傾向は、たしかにあります」

そして、最後に床井係長が言った。

「高畑班長の言うことなら、間違いないと思いますよ」

田端課長が捜査員たちに向かって言った。

「聞いてのとおりだ。テロとなれば、公安の出番だ。そして、特殊班第三は、爆発物関連の犯罪のプロだ。腕の見せ所だぞ」

捜査員たちの士気が上がるのが、手に取るようにわかった。

これは捜査本部独特の雰囲気だと、高丸は思った。

高畑班長と徳田班長は係長たちがいる予備班席に向かった。棚橋が、縞長の向こう側にいる西田の隣に座った。

そのとき、高丸は、楠本たち公安第一課の連中が近づいてくるのを見て、緊張した。秘密主義の公安には、あまりいいイメージを持っていない。何か文句を言われるのかと思った。

　彼らは、高丸の席の脇に来て立ち止まった。高丸は尋ねた。

「何か用ですか？」

　楠本たちが言った。

「機捜の方ですね？」

「そうですが……」

「指名手配犯を次々と検挙している機捜車があるという噂を聞いています」

　どうこたえていいのかわからなかった。

「きっとそいつらじゃないよ」

　そう言ったのは、増田だった。いつの間にか近くにやってきていた。

　楠本が増田に尋ねる。

「彼らじゃない？」

「そうさ。そこにいる縞長ってのは、役立たずだからな」

　すると、楠本が言った。

「あ、やはり縞長さんでしたか。すると、機捜235ですね？」

　縞長が戸惑ったようにこたえる。

「ええ、私らは機捜235ですが……」

「噂の主は、やはりあなたがただったんですね。先ほども言いましたが、自分も公機捜におりました。公機捜も刑事部の機捜と同じような任務ですので、噂を聞いて一度お目にかかってみたいと思っておりました」

増田が、ふんと鼻で笑って言った。

「そりゃ、何かの間違いだろう」

すると、棚橋が言った。

「縞長さんは、見当たり捜査班のレジェンドですよ」

増田が驚いたように棚橋のほうを見る。

「レジェンドだと……？」

「そうです」

楠本が言った。

「なるほど、見当たり捜査班だったんですね」

増田が言葉を失って、縞長を見た。縞長は彼と眼を合わせようとしない。

高丸は増田に言った。

「男子三日会わざれば刮目《かつもく》して見よという言葉、知ってますか？」

増田はすっかり立場を失っていた。彼は、言葉が見つからない様子で、もそもそと身じろぎしていたが、やがて、舌打ちしてその場を離れていった。

高丸は胸がすっとした。

楠本がさらに言う。

「同じ捜査本部で働けて光栄です」

すると、棚橋が負けじと言った。

「自分もそうです」

縞長は困り果てた様子で言った。

「こちらこそ、よろしくお願いします」

そのとき、田端課長の声が響いた。

「やることのないやつは、今のうちに休んでおけ」

すると、後ろの席から吾妻の声がした。

「こういうとき、どこで休めばいいんだ？」

縞長が振り向いて言った。

「十七階の柔道場でごろ寝だろうね」

「じゃあ、そうするか」

吾妻があくびをして立ち上がった。

17

田端課長のありがたい指示に従い、高丸と縞長も仮眠を取った。すでに慢性的な寝不足状態で、ここで少しでも眠ることができるのはありがたかった。

朝になると高丸は、頭の中のもやのようなものが、すっかり晴れたように感じていた。顔を洗い、さらにすっきりした気分で午前七時に捜査本部に顔を出した。すでに、縞長の姿があった。

予備班席の係長や班長はほとんど顔をそろえているが、田端課長と新堀隊長の姿はない。

高丸は縞長に尋ねた。

「課長と隊長は休憩かい？」

「田端課長は警視庁本部、新堀隊長は二機捜本部だよ」

「うわあ、休みなしか……」

「たぶん、自分の部屋で休めるんじゃないのか？」

「内田の取り調べは？」

「午前八時から再開するということだ」

「予備班席に行って、指示を仰ごう」

高丸と縞長が近づいていくと、徳田班長が言った。

「二人は引き続き、荻生の電話番号について調べてくれ。荻生の所在を知ることが急務だ」

縞長が尋ねた。

「令状があれば、電気通信事業者から利用者の情報を得ることができますね」

「申請しておく」

早ければ、三十分から一時間ほどで裁判所が発行してくれる。高丸はこたえた。

「了解しました。電気通信事業者を特定しておきます」

予備班席を離れ、捜査員席に向かうと、そこに吾妻と森田がやってきた。

吾妻が言った。

「柔道場で仮眠して、捜査本部に参加してるのを実感したよ」

高丸は尋ねた。

「眠れたのか？」

「ああ。ビニール畳の上で、ぐっすりだ。これから、どうするんだ？」

「荻生の電話番号について調べる。まずはキャリアの特定だ」

「ネットで調べられるな。じゃあ、俺たちは、巡回連絡カードや運転免許の情報を当たってみよう。その後、区役所も当たってみる」

巡回連絡カードは、所轄の地域課が住民を訪ねて記入してもらうものだ。地域部の彼らにとっては馴染みが深いはずだ。

高丸はパソコンを取り出して、電話番号がどこの電気通信事業者のものか調べた。NTTドコモでヒットした。

それを告げると、縞長が言った。

「令状が下りたら、すぐにドコモに行ってみよう」

午前八時に、特殊犯捜査第三係の高畑班長と棚橋、そして、徳田班長の三人が、内田の取り調べに向かった。

それからほどなく、令状が入手できたので、高丸と縞長は、NTTドコモに連絡をした。

永田町のNTTドコモ本社まで、警視庁本部庁舎から直線距離で一・二キロほどしか離れていない。おそらく所轄の刑事なら普通に歩く距離だろうが、機捜は車の移動に慣れてしまっている。結局、機捜235で本社ビルに乗り付けた。

令状を見せると、担当者はすぐに契約者情報を調べてくれた。

「え？　安藤貴恵《あんどうきえ》……？」

結果を聞いて、高丸は思わず聞き返していた。

三十代半ばで細身の担当者がこたえた。

「ええ。そうです。年齢は五十八歳。住所は、世田谷区喜多見《きたみ》八丁目……」

「間違いないですか？」

「はい。間違いありませんよ。確認したいのなら、かけてみたらどうです？」

縞長が尋ねた。

「現在も通じているんですね？」

「通じていますよ。料金も滞りなく支払われています」


機捜235に戻ると、高丸は縞長に言った。

「電話の契約者は、まるで別人だ。どういうことだろう……」

混乱していた。荻生の住所が判明するものと期待していたのだ。

縞長がこたえる。

「とにかく、戻って報告しよう」


捜査本部に戻り、高丸と縞長はすぐに予備班席で報告をした。

特殊犯捜査第三係の床井係長が言った。

「不動産契約書に別人の電話番号を記入していたということだな」

それにこたえたのは、特殊班第二係の芦川係長だった。

「極左暴力集団にいただけあって、用心深いな」

床井係長がうなずく。

「その組織で活動するために借りた部屋なわけだからな」

特殊犯捜査第一係の葛木係長が言った。

「別人の番号となると、位置情報確認も意味がありませんね」

床井係長が高丸たちに言う。

「今、特殊班の者たちが、駅などの防犯カメラの映像を入手して、荻生の足取りを追おうとしているが、こうなると、それが頼りだな……」

高丸は質問した。

「自ら隊の二人が、巡回連絡カードや運転免許の情報を調べると言っていましたが、それはどうなのでしょう？」

「巡回連絡カードには記録がなかった。運転免許証の住所は、引っ越す前の住所だった。今、二人は、江戸川区役所に行っている」

「そうですか……」

「その安藤貴恵という人物を当たってくれ。もしかしたら、荻生と何か関係があるかもしれない」

「了解しました」

高丸と縞長は、再び駐車場に向かい、機捜235に乗り込んだ。

カーナビに安藤貴恵の住所をセットすると、高丸は車を出した。

「電話番号は、空振りかな……」

高丸が言うと、助手席の縞長が言った。

「捜査って、そんなもんだよ。……通行者なし。左、よし」

安全確認も助手席に乗る者の役目だ。

高丸は、カーナビに従って、霞が関入り口から首都高速に乗った。


世田谷区喜多見に着いたのは、午前九時三十五分頃だったが、このあたりは一方通行の細い道が多く、車を停める場所に苦労した。

結局、離れた場所に駐車するしかなく、安藤貴恵の自宅に着いたのは、午前九時五十分頃のことだった。

一戸建ての住宅だ。「安藤」の表札の脇にインターホンがある。高丸はそのボタンを押した。

チャイムの音がしてしばらくすると、中年女性の声が聞こえてきた。

「はい、何でしょう」

「警視庁の者です。ちょっと、お話をうかがいたいのですが……」

「お待ちください」

しばらくすると、玄関のドアが開いた。だが、チェーンがついたままで、隙間から五十八歳という年齢相応の見かけの女性が顔を覗かせた。

「警察ですか？　何でしょう？」

訝るような表情だ。高丸たちをまったく信用していない様子だ。

特殊詐欺が横行しているから、これくらいの用心はすべきだと、高丸は思った。警察手帳を出して、しっかりと開いて見せたが、それでもまだ安心した様子はない。

「携帯電話の番号について、うかがいたいのです」

「携帯電話の番号……？　そんなの教えられませんよ」

「いや、そうじゃなくてですね……」

高丸は、荻生の不動産契約書に書かれていた電話番号を言った。「この番号は、あなたの番号ですか？」

「ええ、そうですが……」

安藤貴恵は不安そうな表情になる。

「この番号を、いつ頃からお使いですか？」

「いつ頃から……？　さあ……。ケータイを使いはじめたときからですから、もう十年以上……、いえ、二十年近くなるかしら……」

ＮＴＴドコモから入手した書類によると、彼女の契約は十八年前となっているので、この返答に矛盾はない。

「携帯電話を誰かに貸していた、というようなことはありませんか？」

「貸したこと？　いいえ、ずっと私が使っていました。娘が遊びに来たときに、使ったことがあったかもしれないけど……」

「シムカードを貸したというようなことも、ありませんね？」

「シムカード……？　ああ、ケータイに入っている小さなカードですか？　いいえ。ありません」

「この番号は、ずっとご本人がお使いだったんですね？」

「ええ、そうですが、それが何か……」

「捜査の過程で、この電話番号を調べる必要がありまして……」

安藤貴恵は「ちょっと待ってください」と言って、いったんドアを閉めてチェーンを外してから、今度は大きくドアを開いた。

本物の警察官だとわかり、警戒心を解いたようだ。

高丸はさらに質問した。

「荻生壮太という人物に、心当たりはありませんか？」

「オギュウ・ソウタですか……。さあ、知りませんが……」

「どこかで会ったことはありませんかね？」

「ないと思います」

高丸は縞長を見た。

縞長が安藤貴恵に尋ねた。

「江戸川区に、どなたかお知り合いの方はいらっしゃいますか？」

「江戸川区ですか……。さあ、思い浮かびませんね……。

「住所録とか、調べてみれば何かわかるかもしれませんが……」

安藤貴恵は事件とは関係ない。高丸はそういう心証を得ていたので、そこまでは必要ないと思った。

だが、縞長はそうではなさそうだった。

「お手数ですが、調べていただけませんか」

特に迷惑がる様子もなく、安藤貴恵が言った。

「ちょっとお待ちください」

奥から古いワインレッドの表紙がついたノートを持ってきた。住所録だろう。それを開いてめくっていく。

高丸と縞長は玄関の中に入り、ドアを閉めた。

やがて、安藤貴恵は言った。

「江戸川区に住んでいる知り合いはいないですね」

縞長が言った。

「そうですか。ご協力、ありがとうございました」

住所録を閉じると、安藤貴恵は心配そうに言った。

「私の電話番号が、何か悪いことに使われたということですか？　今のまま、電話を使っていてだいじょうぶなんですか？」

こういう場合は、縞長に任せたほうがいいと、高丸は思った。自分がこたえるより、縞長のほうが一般人の信頼を得やすい。それが年の功というものだ。

縞長が言った。

「あくまで、念のために調べているだけですから、ご心配には及びません。もちろん、そのままお使いいただいてけっこうです」

安藤貴恵は、いろいろと訊きたいことがありそうな顔をしている。だが、おそらく、何をどう尋ねていいのかわからないのだ。

あれこれ質問されたとしても、捜査情報を話すことはできない。高丸は、引きあげることにした。

捜査本部に戻ったのは、午前十一時二十分頃だった。高丸が報告すると、床井係長が言った。

「関わりはないですね。荻生が書類に適当に書いた番号が、たまたま安藤貴恵のものだった、ということだと思います」

「縞長さんは、どうだ？」

床井係長の問いに、縞長がこたえる。

「私も彼女は、無関係だと思いますね」

床井係長は、うなずいてから言った。

「こちらでも、犯罪歴・逮捕歴を調べてみた。いずれも該当なしだ。また、公安にも洗ってもらったが、シロだった」

高丸は尋ねた。

「電話番号は空振りだったということですね」

床井係長がこたえた。

「そういうことだな」

「自ら隊からの連絡はありましたか？」

「区役所の転出・転居届や、郵便局の転送届を調べたが、いずれも手がかりなしだ」

「痕跡を残さないように気をつけていたんですね」

縞長が高丸に言う。

「印象は？」

「しかし、生きている限り、まったく痕跡を残さないなんて、不可能だよ。健康保険に入っているだろうし、医者にかかればその記録も残る」

「そっちは、特殊班が調べている。何かヒットするかもしれない」

たしかに、縞長が言うとおりだ。

生活している限り、必ず痕跡は残る。特に、現代はクレジットカードやICカードなどの電子情報が記録されるのだ。

突然、「気をつけ」の号令がかかった。

田端課長と新堀隊長がいっしょに入室してきた。すぐに、三人の係長が幹部席に行き、現状を説明した。

質疑応答が終わり、係長たちが予備班席に戻ってきたとき、取り調べを担当している高畑班長、徳田班長、棚橋の三人が戻ってきた。

田端課長が彼らに気づいて言った。

「内田はどうだ?」

三人は、幹部席の前に進んだ。高畑班長が言った。

「まだ、黙秘を続けており、弁護士を要求しています」

「弁護士だって?」

新堀隊長が聞き返した。「いつからそんなことを言い出したんだ?」

「先ほど、まるで思いついたように言いはじめたのです」

田端課長が言った。

「拒否するわけにはいかないな。国選弁護人を呼ぼうか……」

すると、高畑班長が言った。

「いえ、内田が私選弁護人を指定しています」

田端課長が眉をひそめる。

「弁護士を指定している？」

「はい。津山英武《つやまひでたけ》という名前です」

じっとそのやり取りを聞いていた縞長が、ふと声を洩らした。

「津山英武……」

高丸は尋ねた。

「どうした？　何か知ってるのか？」

「いや、ちょっと聞き覚えがあるような気がして……」

「それ、ひょっとしたら重要なことかもしれない」

「重要なこと……？」

「そうだよ。シマさんが覚えているということは、過去に犯罪に関わっているということだ」

「弁護士なんだから、犯罪に関わって当然だろう」

「いや、そういうことじゃなく……」

高丸は、じれったくなり、立ち上がって挙手をした。

「よろしいですか？」

幹部席の前に並んでいた、高畑班長、徳田班長、棚橋の三人が驚いたように振り向いた。

田端課長と新堀隊長が高丸を見た。

新堀隊長が尋ねる。

「何だ？」

「シマさんが、弁護士の名前に聞き覚えがあると言っているのですが……」

皆の注目を浴びた縞長が立ち上がり、困った顔で言った。

「たしかではないので、確認を取らないといけないのですが……」

新堀隊長が言った。

「今は、未確認情報でいい。何だ？」

「冤罪《えんざい》に関わっていたような気がします」

「冤罪……」

そう聞き返したのは、田端課長だった。縞長がこたえる。

「自分が、捜査共助課にいたときに、その名前を何度か聞いた記憶があります」

田端課長が言った。

「すぐに確認を取ってくれ」

「はい」

縞長が着席して、警電の受話器を取った。誰に電話するのだろう。高丸がそう思ったとき、再び田端課長の声が聞こえてきた。

「高畑班長たちは、弁護士が来るまで、何か聞き出せないか粘ってみてくれ」

高畑班長がこたえる。

「わかりました」

おそらく弁護士と接見するまで、内田は何もしゃべらないだろう。それでも、取調担当官は挑戦を続けなければならない。

電話を切って、縞長が言った。

「ちょっと、捜査共助課に行ってくる」

高丸は言った。

「あ、俺も行くよ」

捜査共助課は同じ階にあった。縞長が部屋に入っていくと、誰かが待っていた。縞長が、昔の同僚だと紹介した。その人物が、捜査共助係長だったので、高丸は少々驚いた。縞長よりはるかに若いが警部なのだ。

彼は、縞長に言った。

「電話での問い合わせの件だけどね、間違いなくその弁護士だよ。どんな微罪でも、冤罪の疑いがあれば、飛んでくる。冤罪じゃなくても冤罪だと騒ぐ。やっかいなやつだ」

縞長の記憶が正しかったということだ。

「記憶に残っている事案はあるかね？」

縞長が尋ねると、捜査共助係長がこたえた。

「うーん……。ほとんど所轄の事案だからなあ……。痴漢とか、窃盗とか、いろいろあったはずだ。殺人事件の弁護団に名を連ねていたこともある……。そうそう、驚いたのは、ビラ配りで引っ張られたやつのところに駆けつけたと聞いたときだな」

「ビラ配り……？　どんなビラだ？」

「ビラはビラだよ。公安もえげつないよな。ビラをマンションのポストに入れただけで引っ張るんだから……」

「公安……？」

「そう。極左暴力集団のビラだから、まあ、しょうがないけどな……」

「逮捕されたやつの名前を覚えているか？」

「こんな事案で弁護士かよって、驚いたので覚えているよ。荻生壮太だ」

18

「公安の連中はどこにいる？」

縞長の報告を聞くと、田端課長が言った。それにこたえたのは、芦川係長だった。

「荻生が属していた極左暴力集団のほうを当たっているようですが、呼び戻しますか？」

「電話で、津山弁護士のことを知らせてやってくれ。その後どうするかは、彼らに任せる」

「了解しました」

特殊犯捜査係の三人の係長は、いずれも印象が似通っていると、高丸は思っていた。だが、時間が経つにつれて、それぞれの特徴がわかってきた。

芦川係長は、どちらかというと斜に構えて冷めているタイプのようだ。

年齢は、上から床井係長、芦川係長、葛木係長の順だ。一番落ち着いていて穏やかな印象なのが床井係長だ。葛木係長は、西田が言ったとおり、合理性を重視する冷徹なタイプのようだ。

芦川係長は、警電の受話器を取り、公安の誰かに電話をした。おそらく相手は、楠本だろう。

田端課長の言葉が続いた。

「その津山って弁護士がやってくるということは、内田のことも冤罪だと言い出しかねないということだな？」

「でも……」

新堀隊長が言った。「人質を取った立てこもり事件は、現行犯逮捕ですよ。現金と肥料が入ったリュックも所持していました。いくら何でも言い逃れはできないでしょう」

「それをひっくり返そうとするのが弁護士だ。少なくとも、時間稼ぎにはなる。内田はそう読んでいるに違いない」

「たしかに、問題は時間ですね。こうしている間にも、荻生はどこかに爆弾を仕掛けているかもしれません」

田端課長が高畑班長と徳田班長に言った。

「内田と接見した後、津山弁護士から話を聞いてくれ。一筋縄ではいかないだろうが、どんなことでもいいから聞き出すんだ」

高畑班長がこたえた。

「わかりました」

「しかし……」

徳田班長が言った。「なぜ、内田は津山弁護士を呼ぼうとしたのでしょう」

その言葉に、田端課長が眉をひそめる。

「関わりのある弁護士だからだろう。何が疑問なんだ？」

「荻生との関係を、自ら示唆《しさ》することになります」

田端課長は、新堀隊長と顔を見合わせた。

「つまり……」

新堀隊長が、徳田班長に尋ねた。「内田と荻生の間に、何か組織的なつながりがあるということだな」

「高畑班長と取り調べをする過程で、ただ爆弾を作って渡すだけの請負仕事ではないという心証を得ました。それを、内田自らが裏付けたことになると思います」

田端課長が、徳田班長に言った。

「内田と荻生の背景に何があるのか、津山弁護士なら知っているかもしれない。なんとか聞き出すんだ」

徳田班長がうなずいた。

「了解しました」

「しゃべりたがっていると言ったよね」

そう言ったのは床井係長だった。「確信犯は主義主張を知ってもらいたがるものだと……」

高畑班長がそれにこたえた。

「はい。それは間違いないと思います。さらに内田は今、自分が警察より優位に立っていると思っているはずです」

「だから、津山弁護士を呼んだんだろう。つまり、自分は荻生と同じ志を持っているというメッセージだ」

床井係長のその言葉に対して、田端課長が言った。

「警察を舐《な》めてもらっちゃ困るな。挑戦する気なら、受けて立とうじゃないか」

幹部席を離れて捜査員席に戻った高丸と縞長のところに、棚橋がやってきた。

「さすがです」

彼は、まっすぐに縞長を見て言った。

縞長が戸惑ったように尋ねる。

「何がだね？」

「自分も捜査共助課におりましたが、津山弁護士のことは、まったく記憶にありませんでした」

「いや……。共助課にいた時期が違うし、長さも違う。君が知らなくても当たり前だよ」

「弁護士のことまで気配りされていることに驚きました」

「癖なんだよ」

「癖……？」

「そう。一度見た顔や名前は、なんとか記憶に留《とど》めておこうとする。それしか刑事として生き残る方法がなかったんだ。だから、必死だった。いつしか、それが癖になった。それだけのことだよ」

「なかなかできることではないと思います」

縞長は苦笑するだけだった。

俺も棚橋の言うことに同感だと、高丸は思った。なかなかできることではない。

本人が言ったとおり、必死だったのだろう。いつだったか、捜査共助課が「背水の陣」だったと縞長が言ったことがある。

増田はその頃の縞長のすさまじい努力を知らないのだ。そんなやつに、二度と好き勝手は言わせないと、高丸は思っていた。

田端課長が捜査員たちに繰り返し言うことが二つある。「休め」「飯を食え」だ。

単純だが、捜査員たちの士気を保つための最も有効な指示かもしれない。これは、実は用兵の基本なのだそうだ。

捜査本部はどんな場合も時間との戦いだ。だから、指揮官は捜査員たちに鞭《むち》をくれるものだと思われがちだ。だが、実際は逆のことが多い。捜査員たちは、とにかく突っ走りたがるのだ。

だから、指揮官はむしろ手綱《たづな》を引かなければならないのだ。そうしないと、兵、つまり捜査員たちは、ばたばたと討ち死にしてしまう。

田端課長はそのことをよく心得ているのだ。おかげで、高丸たちも心置きなく昼飯を食べることができた。

津山弁護士がやってきたのは、昼食を終えたばかりの十二時半頃のことだ。

「まずは、私の依頼人に会わせていただきますよ」

津山英武は、五十代半ばから後半で、がっしりとした体格をしている。紺色のスーツを着ているが、しわが目立つし、ズボンの折り目は消えかけていた。耳にかかるほどの少々長めの髪だが、櫛《くし》を通したようには見えない。髪型には無頓着《むとんちゃく》のようだ。

高畑班長と徳田班長が彼を取調室に案内する。その後ろに棚橋が続いた。

高丸は縞長に言った。

「見るからに手強《てごわ》そうな弁護士だね」

「ああ……。だが、内田を無罪にすることはできないだろう」

「取引を持ちかけるかもしれない」

「取引……?」

「そう。爆弾の情報を教えるから、罪を軽くしてくれ、とか……」

かつて日本の司法機関は、アメリカのように司法取引をしないと言われていた。だが、最近はその事情も変わってきた。

「それは、私らが考えても仕方のないことだよ。捜査幹部や検察官が考えることだろう」

「それは、そうだけど……」

そういう判断はとても難しい。幹部や検察はたいへんだなと、高丸は思った。伊達《だて》に偉そうにしているわけではないのだ。

午後一時を過ぎた頃、自ら隊の吾妻と森田が戻ってきた。

誰かが外から戻ってくると、必ず田端課長が真っ先に声をかける。このときもそうだった。

「おう、何かわかったか？」

吾妻と森田は幹部席の課長の前に立ち、報告した。

「先刻電話で申したとおり、江戸川区役所、郵便局、いずれも空振りです。荻生は、転出・転居届も、郵便物の転送届も出していません。つまり、二ヵ月前からあとの情報がありません」

田端課長の隣にいる新堀隊長が言った。

「つまり、そのときから犯行を計画していたということだな？」

「はい」

吾妻はこたえた。「引っ越したのも、その計画の一環だと思います」

田端課長が言った。

「二ヵ月前から、痕跡を消していったというわけか……。電話番号の件もあるし、ずいぶんと注意深いな……」

吾妻が質問した。

「電話番号の件というのは、何でしょう？」

「不動産の契約書に書かれていた電話番号が他人のものだった。たぶん、でたらめの番号を記入したんだろう」

「これは、自分の印象なのですが……」

吾妻はそう前置きしてから言った。「荻生個人がやっていることとは思えません。どんなに注意しても、どこかでミスをするものです。ですが、どこにも痕跡を残さずに引っ越しをして姿をくらましています。二百万円のこともありますし、背後に何者かがいるような気がします」

「俺たちもそう考えている。誰かにこれまでの経緯を聞いてくれ」

「了解しました」

吾妻は礼をすると幹部席を離れ、森田とともに高丸たちのところにやってきた。

「課長に経緯を聞けと言われた」

吾妻の言葉にうなずいて、高丸はまず、不動産契約書の電話番号について説明した。

吾妻が言った。

「その安藤貴恵というおばさんが、荻生と無関係だという証拠は？」

高丸はこたえた。

「証拠はないけど、関係ないと思うよ」

「いちおう、所轄の地域課に何か情報がないか訊いておくよ。住所は世田谷区喜多見八丁目だっけ？　だったら、所轄は成城《せいじょう》署だな」

そして、吾妻は森田を見た。森田が即座に応じた。

「確かめておきます」

高丸はさらに、津山弁護士について、吾妻たちに説明した。

話を聞き終えると、吾妻は言った。

「荻生を担当したのと同じ弁護士を、内田が呼んだというのか」

「そういうことだね。床井係長は、内田が荻生と同じ志を持っているというメッセージじゃないかと言っていた」

「なるほど……。俺は、荻生の背後に何者かがいると思っているんだが……」

「何者かというより、何か組織だった動きがあるのかもしれない」

「極左暴力集団を離れたんだろう？」

「その後に、別な何かの組織に参加したことも考えられる。もしかしたら、そのことを津山弁護士が知っているかもしれない」

「うーん」と吾妻がうなった。「知ってても、絶対にしゃべらないだろうなあ……」

すると、縞長が言った。

「案外そうでもないかもしれない」

高丸は驚いて尋ねた。

「どうしてそう思うんだ？」

「あ、根拠はないんだけどね……」

希望的観測というやつだろうか。楽観的なのは悪いことではないが、根拠がなくてはどうにもならない。高丸はそう思った。


午後一時半になると、公安の楠本ら二名が戻ってきた。あとの二人は、外で捜査を続けているようだ。

高丸は縞長にそっと尋ねた。

「楠本さんといっしょに戻ってきた人、何て名前だっけな……」

「川口恭治だよ」

やっぱり、ちゃんと覚えていた。

このときもやはり、田端課長が声をかける。

「おう、戻ってきたか。ご苦労」

楠本と川口が幹部席に近づく。

楠本が田端課長に言った。

「荻生を担当した弁護士を、内田が呼んだのですね？」

「そうだ。津山英武という名だ。聞き覚えはあるか？」

「ええ。荻生を逮捕したときにやってきたやつですね」

「何か知ってるか？」

「津山弁護士についてですか？　いいえ、現時点では何も知りませんが、背後関係等を当たってみます」

「そうしてくれ」

「了解しました」

「他に何かあるか？」

「公機捜が動きはじめました。防犯カメラ等の情報を流していただければ、即応できます」

田端課長が新堀隊長に言った。

「公機捜と機捜が連携できるように段取りしてくれ」

「了解です」

新堀隊長が、機捜231の篠原を呼んだ。

篠原は、すぐに席を立ち、幹部席に近づいた。

新堀隊長から何か指示を受けると、篠原は、楠本、川口とともに捜査員席に戻ってきた。

そして、機捜と自ら隊に集合をかけた。

「機捜、自ら隊、公機捜が、連携するようにとのことだ。全員、無線連絡は捜査専務系でする」

その篠原の言葉を受けて、吾妻が言った。

「刑事部の機捜と、公安の公機捜が同じチャンネルを使うなんて、信じられないな……」

するど、楠本が言った。

「別に驚くことはない。機捜も、公機捜も、普段は方面系の無線を傍受しているんだ。地域系も聞いている」

吾妻が意外そうな顔をする。

「え、そうなの？」

「ああ。機捜も公機捜も、初動捜査に駆けつける。そのためには一一〇番通報の情報が必要だからな」

篠原は高丸に言った。

「俺と大久保は、中目黒周辺を密行する。鑑《かん》が濃い土地だからな。何かあったら、連絡をくれ」

「わかりました」

篠原と大久保が捜査本部を出ていった。

高丸は、縞長に言った。

「俺たちも、密行に出ようか」

「密行？　どこに……？」

「そうだな……。篠原さんたちが中目黒方面に行くと言っていたから、俺たちは、江戸川区のほうに……」

するとと、楠本が言った。

「必要ない。そっち方面には、うちの中村と田辺が行っているし、公機捜も動いている」

縞長が高丸を見て言った。

「……そういうことだ。無駄に動くことはないよ」

「でも、ここでじっとしていても仕方がない」

「幹部席か予備班席から何か指示があったら動けばいい。こういうときは、流れを見ているんだよ」

「流れ……？」

「そう。捜査には流れがあるんだ。もっとも、昔、私はそういうことに気づかなかったんだけどね……」

高丸がじっとしていても、捜査本部が動いていないわけではない。公安の連中は、極左暴力集団のほうから荻生の行方を捜している。一方、特殊班の捜査員たちが、防犯カメラの映像をかき集めているのだ。

そのうちに嫌というほど動かなくてはならなくなるだろう。今は、縞長に言われたように、捜査の流れとやらを見る努力をしようと思った。

そこに、高畑班長が津山弁護士を連れて戻ってきた。

津山の大きな声が聞こえてくる。

「なに？　話を聞きたいって……？　本職から何の話が聞きたいんだ？」

高畑班長は、津山弁護士を幹部席の近くに連れていった。

「椅子を持ってきてくれ」

高畑班長に言われて、高丸は捜査員席のパイプ椅子を一脚持っていった。それを、課長席の前に置く。

高畑班長が、津山弁護士に言った。

「そこにお座りいただけますか？」

「任意の聴取ですね？　当然、お断りしますよ」

田端課長が言った。

「ここは一つ、ご協力いただけませんか？」

津山弁護士があきれた顔で言った。

「弁護人から警察官が事情聴取するなど、前代未聞ですね。こんなことしたら、ただでは済みませんよ」

「我々も普通ならこんなことはしません。しかし、テロとなれば、手段は選びません」

「テロ……」

津山弁護士が片方の眉を吊り上げた。「それはいったい、何の話ですか」

「それをこれから話し合うのです」

津山弁護士は、しばらく立ち尽くしていた。今や、捜査本部の全員が彼に注目している。

やがて、津山弁護士は用意されたパイプ椅子に腰を下ろした。

19

「言っておきますがね」

津山弁護士は、田端課長の顔を見て言った。「私には守秘義務があるので、依頼人については何もお話しできませんよ」

その口調は、どこか相手を小ばかにしているようでもあった。田端課長が言う。

「その依頼人の利益にもなる話だと思うんですがね……」

「ほう……。依頼人の利益ですか？　何か取引をお考えですか？」

「今のままだと、あなたの依頼人は死刑を求刑されることになるかもしれません」

津山弁護士は、ふんと鼻で笑った。

「そんなはったりは、私には通用しませんよ」

「はったりじゃないんです。だからこうして、弁護士と異例の話し合いをしているわけです」

「万策尽きたからでしょう。依頼人を起訴するだけの材料がないんですね？」

「すぐにも起訴はできます。なにせ、企業爆破事件の指名手配犯だったんですから。それが、人質を取った立てこもりですからね」

「誰がそれを証明するんです？」

「誰が？」

「そうです。依頼人は、ただ警察に追われて、あの建物に逃げ込んだだけです。逃げただけでは罪に問うことはできないでしょう？」

「タクシーの運転手を人質に取っていました」

「人質だったんですか？」

「何だって？」

「誰かそのタクシーの運転手が人質だったと証言しているのですか？」

田端課長は新堀隊長と顔を見合わせてから言った。

「詭弁《きべん》は通用しませんよ。これは誰が見てもれっきとした人質事件です。被害にあったタクシーの運転手が証言するはずです」

「その運転手が、自らの意思で依頼人に同行したことも考えられるでしょう。そうなれば、人質でもなんでもない」

「運転手が自分の意思で被疑者についていったなんてことはあり得ません。人質を取った立てこもりであることは確固たる事実です」

「立てこもり事件……？」

「はい」

「依頼人は、何かを要求しましたか？」

田端課長は再び新堀隊長の顔を見た。

新堀隊長が言った。

「何も要求していない」

「じゃあ、人質事件とは言えないでしょう。だいたい、人質立てこもりなどという罪がないことはご存じでしょう。特別刑法で、『人質による強要行為等の処罰に関する法律』というものがあり、人質強要罪ということになれば、六月以上十年以下の懲役ということになりますが、今回は第三者に何も要求していないので、これには当たりません。まあ、建築中の建物に侵入したことはたしかなので、建造物侵入罪にはなるかもしれません。そうなれば、三年以下の懲役または十万円以下の罰金ということになりますが、特に悪質ではありませんので、量刑は抑えられると、私は信じています」

新堀隊長が聞き返す。

「悪質ではない？」

「ええ。侵入により誰かが大きな不利益を被《こうむ》ったという事実はないのでしょう？」

弁護士というのはいろいろなことを考えるものだと、高丸はあきれていた。そして、同時に腹を立てていた。犯罪には被害者がいる。その事実に目をつむって、犯罪者の罪を軽くしようとしたり、罪そのものをないことにしようとしたりする。

田端課長が言った。

「あなたたち弁護士にとって、法律は勝ち負けを競うゲームなのかもしれませんが、私たち警察官にとっては違う。捜査は、文字どおり命がけなんです」

津山弁護士は、相変わらず嘲るような笑みを浮かべている。

「何をおっしゃっても、こちらの考えは変わりませんよ。今回、私の依頼人はたいした罪は犯していません。そして、どんな些細なことであっても、依頼人のことを話すつもりはありません」

「死刑の求刑は、はったりじゃないと言ったでしょう。企業爆破の被疑者なのです。その上、さらに新たな爆弾テロの犯人となれば、死刑求刑も充分にあり得ます」

津山弁護士は、声を上げて笑った。

「新たな爆弾テロですって？　フィクションもそこまで行くと妄想ですね。繰り返しますが、今回、依頼人は、建築現場のビルに侵入しただけです。それ以上のことは何もしていません」

新堀隊長が言った。

「内田は時間が稼ぎたかったんだ。だから、何も要求する必要がなかった」

「時間を稼ぎたかった？　何のために？」

「仲間が爆弾テロの準備をするための時間だ」

津山弁護士は苦笑を浮かべながらかぶりを振った。

「勝手に絵を描いちゃいけませんねえ」

絵を描くというのは、犯行の筋書きを想像して、でっち上げることだ。

新堀隊長が津山弁護士を睨《にら》んで言った。

「根拠がないことは言わない」

「じゃあ、証明できますか？」

「内田は、中目黒の駅前で仲間とリュックを交換した。身柄を確保されたときに、持っていたリュックの中には、肥料と二百万円が入っていた」

「肥料……」

津山弁護士が目を丸くした。それは明らかに演技だった。「肥料がどうかしましたか？　肥料を持っていることが犯罪なら、農家や園芸家はみんな犯罪者になってしまいますね」

「肥料は爆発物の原料の一つだ」

「だから絵を描いていると言うんです。いいですか？　肥料は肥料です。それ以上でもそれ以下でもありません」

田端課長が言った。

「内田が企業爆破事件の指名手配犯でなければ、誰もそんなことは考えません。過去の犯罪歴からこたえを導き出すんです」

「警察はいつもそうです。例えば、刑期を終えて出所した人物を、いつまでも犯罪者という眼で見るでしょう。それじゃ人は更生できない」

「内田は、刑期を終えたわけじゃありません。指名手配犯だったんです」

「刑期を終えたかどうかではありません。警察は常に人を疑っていて、犯罪者を作り上げるために絵を描くということです」

新堀隊長が言った。

「今、こうしている間にも、内田の仲間が爆弾テロの準備を進めているかもしれない。内田からなんとしても話を聞き出さないとならないんだ」

津山弁護士の顔から薄笑いが消えた。新堀隊長が逼迫《ひっぱく》した口調だったからだろう。あるいは、いくら何でも分が悪いと思ったのだろうか。

彼はしばらく考えてから、田端課長に言った。

「取引とおっしゃいましたね？」

「ああ、言った」

「内田の罪状は、過去の企業爆破事件だけに限定していただけますか？」

捜査員たちが身を乗り出しそうになる。津山弁護士は、今回の人質立てこもり事件には目をつむれと言っているのだ。

まさか、承諾はしないだろうなと思い、高丸は田端課長の顔を見た。

田端課長が言った。

「新たな爆弾テロについて、有効な情報をくれたら、考えてもいい」

「先に条件を呑むと確約していただく必要があります」

すると、耐えかねたように新堀隊長が言った。

「そんな交渉をできる立場か。内田がどうしてあんたを呼んだのか、俺たちは知ってるんだ」

津山弁護士は怪訝そうな顔になった。これは演技ではなさそうだった。本当に新堀隊長の言っていることが理解できないのだ。

「どうして私を呼んだか？　それはどういうことです？」

「あんたが、荻生の弁護をしたことがあるからだ」

「荻生……？」

「荻生壮太だ。忘れたのかね？　ビラ配りをしていたところ、建造物侵入で逮捕された」

「もちろん、覚えていますよ。その荻生が何だというのです」

「中目黒駅前で、内田とリュックを交換した仲間というのは、荻生なんだよ」

津山弁護士の顔から表情が消えた。そして彼は、しばらく無言で何事か考えていた。

新堀隊長も田端課長も口を閉ざした。津山弁護士に考えさせようというのだろう。けっこう長い沈黙が続いた。

やがて津山弁護士が言った。

「何を知りたいのです？」

田端課長が言った。

「荻生は内田が作った爆弾を持っているはずです。まあ、あなたに言わせれば、それも推測に過ぎないということになるのでしょうが、我々は間違いないと考えています。その爆弾で、荻生が何をしようとしているのか知りたいのです」

「依頼人に対して、そんな質問をさせるわけにはいきません」

「ぐずぐずしている余裕はありません。だから我々は手段は選ばない覚悟です。内田が知っていることがあれば話してもらいますよ」

「時間がかかるでしょうね」

「では、せめて荻生の住所とか、連絡先を知りたい」

津山弁護士は、先ほどとは別人のように余裕をなくしていた。事態の重大さをようやく理解したのだろう。まさか、本当にテロ計画が進行中とは思っていなかったに違いない。

「荻生について、私が知っていることをお教えしましょう。それでどうです？」

「うかがいましょう」

「荻生は、『アザミの会』というネットワークに頻繁にアクセスしているようでした」

「『アザミの会』？　何ですか、それは」

「冤罪の被害にあった人たちのネットワークです。実態はネット上のサロンです」

高丸は縞長と顔を見合わせた。話の流れが変わって戸惑ったのだ。

田端課長が尋ねた。

「ネットで、冤罪の被害にあった人たちが相談し合うわけですか？」

「そうです。仕事柄私も、よくそこにアクセスします。弁護士が必要なケースも少なくないのでね。そこで、荻生を見つけたのです」

「その会を主宰しているのは何者です？」

「組織ではなく、あくまでネットワークなので、主宰者などはいません。ただ、サイトを管理している人はいます。名前が載っていたと思います」

「荻生と接触は？」

「私がですか？　いいえ、していません」

「住所とか連絡先はわかりませんか？」

「事務所に帰ればわかると思います。たしか、江戸川区に住んでいたと記憶していますが……」

引っ越す前の住所だろうと、高丸は思った。

田端課長が言った。

「では、確認して連絡をいただけますか？」

津山弁護士はうなずいた。

「電話します」

「他に何か、荻生について知っていることはありますか？」

「いや……。しかし……」

「しかし……？」

「被害にあった人たちは、同じような体験をした人に話を聞いてもらうだけで、ずいぶんと気が楽になるものです。『アザミの会』もそういう目的で作られたサイトです」

津山弁護士の言葉に、田端課長がうなずいた。

「ええ、わかります」

「しかし、そういうネットワークは、しばしば過激化することがあります」

「『アザミの会』もそうだと……？」

「会そのものではなく、その中にあるグループの中で過激化したものがあるという話を聞いたことがあります」

「なるほど……」

津山弁護士がおもむろに席を立った。

「私が話せるのは、このあたりまでですね」

彼は立ち去った。

田端課長が捜査員たちに尋ねた。

「誰か、『アザミの会』にアクセスしているか？」

すぐに返事があった。特殊班の捜査員だ。

「はい。サイト管理者の名前は、小牧典浩《こまきのりひろ》」

「連絡先は？」

「メールアドレスがあります」

「直接会いたいと、メールしてくれ」

「はい」

そこに、公安の二人が戻ってきた。中村と田辺だ。幹部席に行くと、中村が田端課長に報告を始めた。

「荻生が所属していた組織のメンバーに話が聞けました」

捜査員たちが、その周りに集まって話を聞く。高丸と縞長もその輪の中に加わっていた。

田端課長が尋ねる。

「荻生のことが聞けたのか？」

「はい。話を聞いた相手は六十代のベテランメンバーで、荻生のこともよく知っていました」

「今の住所は？」

「荻生が組織を離れてから連絡を取り合っていないので、今どこに住んでいるかは知らないということです」

「そうか」

「荻生が組織を離れたのは、例のビラ配り事件がきっかけのようです」

「どういうことだ？」

「ビラ配りで逮捕されたことが、よほどショックだったようです。組織の中でも、何かできないかと言いつづけていたようです」

「何かできないか？」

「つまり、警察に不当な逮捕だったことを認めさせて、謝罪させるとか……」

「それで……？」

「その六十代のベテランメンバーは言いました。俺たちはたいてい、公安から痛い目にあっている。一回引っ張られただけの荻生の話をまともに聞く気にはなれなかった、と。他のメンバーも似たり寄ったりで、それで荻生は組織に失望したようです」

田端課長が隣の新堀隊長に言った。

「その後『アザミの会』に接触したのはうなずけるな」

報告していた中村が怪訝そうな顔をした。

「『アザミの会』……？」

新堀隊長が、手短に説明して、中村はうなずいた。

「そんな会があるなら、当時の荻生にとっては、渡りに船ですね」

ネットを調べていた特殊班の捜査員が言った。

「その『アザミの会』から返信が来ました。小牧典浩の電話番号がわかりました」

田端課長が言った。

「すぐに連絡を取って会いに行け」

それを受けて新堀隊長が言った。

「高丸とシマさん、行ってくれ」

高丸は、「アザミの会」の小牧典浩に電話した。自宅にいるというので、すぐに向かった。

小牧の自宅は、世田谷区赤堤《あかつつみ》三丁目だ。警視庁本部を出たのが午後二時十五分頃で、到着したのが午後三時前だった。

「このあたりは、高級住宅街だね」

高丸が言うと、縞長がこたえた。

「ああ、治安がよさそうだ」

小牧の自宅は一戸建てだ。訪ねると、本人が出てきて、すぐにリビングルームに通された。小牧は四十代半ばで、背は高くないが、すっきりとした体型をしている。

家の中には、小牧の他は誰もいない様子だった。

「『アザミの会』について、何か訊きたいことがおありとか……」

小牧の言葉に、高丸がこたえた。

「はい。荻生壮太はご存じですか?」

「ええ、知ってます。サイトの常連でしたから……。荻生が何か……?」

「現在、爆弾を所持していて、何かを計画していると、我々は考えています」

小牧が絶句した。探るように高丸を見ている。

「すいません。よくわからないのですが、それは荻生がどこかに爆弾を仕掛けようとしているということですか?」

「その恐れがあると見て、荻生の行方を追っています。どこにいるかご存じありませんか?」

小牧はかぶりを振った。

「知りません。あくまでもネットの上での付き合いなので……」

「他の会員の方で、荻生の行方を知ってそうな方はいらっしゃいませんか?」

「『アザミの会』は、組織ではなく、あくまでネットワークなのです。ですから、名簿のようなものは存在しません」

「連絡を取りたいときは、どうするのですか?」

「メッセージに返信を付ける形でメッセージを送ります。このへんは多くのSNSと同じですね」

「会の中にグループができて、その中で過激化するものもあったそうですね」

「議論が過熱したようなことは、たしかにありました。しかし……」

「荻生は何かのグループに参加していましたか？」

「……というか、あるグループを主宰していましたね」

「どんなグループです？」

小牧は一瞬言い淀《よど》んだ。高丸と縞長を交互に見て、それから言った。

「たしかに今考えると過激なグループでした。警察に復讐《ふくしゅう》する方法を話し合うグループだったのですが、まさか本気だとは思ってもいませんでした」

「警察に復讐をする方法……」

「はい。どうやったら、警察に自分たちの過ちを謝罪させることができるだろうか。そんなことを話し合っていました」

「そのグループのメンバーを教えてください」

「別に秘匿《ひとく》はされていませんから、『アザミの会』のサイトからたどれますよ。サイトで公開されている以上のことは、私にもわかりません」

高丸は縞長を見た。何か訊きたいことはあるかという意味だ。

縞長が小牧に尋ねた。

「二百万円という金額を聞いて、どうお感じになりますか？」

「え……？」

不意を衝かれたように、小牧が声を洩らした。

「二百万円ですか？　大金ですね」

「ご友人などが、どうしても必要だと言ってきたら、あなたは都合できますか？」

「ええと……。そうですね、相手にもよりますね」

「それが大切な方だとしたら？」

　小牧が肩をすくめた。

「いやあ、それでも急に二百万円は無理かもしれません。あの、どうしてそんな質問を……？」

　縞長は笑顔を見せた。

「立派なお宅にお住まいなので、どの程度の金銭感覚をお持ちなのか、興味がありましてね」

「この家は、親が残してくれたんですよ」

「ご家族は？」

「今は一人暮らしです」

「ほう……。高級住宅街の一戸建てに、お一人でお住まいですか」

それまで穏やかだった小牧の表情が、急に険しくなった。

「それは警察のせいなんです」

「警察のせい」

「正直に言いますと、警察の方とは話などしたくないのです。できるだけ冷静に質問にこたえるつもりでしたが、私の我慢にも限界があります」

「『アザミの会』の中心的な役割を担っていらっしゃるということは、冤罪に関わることなんでしょうね？　どういうことなのか、話していただけますか？」

「痴漢の冤罪ですよ」

「痴漢の冤罪……」

「世間ではよくある話で済まされてしまうかもしれませんが、当事者にとっては地獄です。こっちは罪を否定しているのに、警察は、はなから犯罪者扱いです。否認する限り、許してはもらえません。家族は私のもとを去っていきました。会社も辞めるはめになりました」

「そうでしたか……。それはお気の毒です」

「お気の毒？　どの口が言うのですか。一度はどん底を味わい、自殺を考えました」

「今はどうされているのですか？」

「ネット関係の起業をして、なんとか軌道に乗ったところです。ウェブデザインなんかを請け負う仕事を自宅でやってます」

「ああ、それで『アザミの会』の管理者を……」

「はい」

縞長が高丸を見てうなずいた。引きあげ時だと言いたいのだろう。高丸は小牧に言った。

「ご協力、ありがとうございました。これで失礼しますが、何か思い出したことなどありましたら、ご連絡ください」

高丸は名刺を渡した。

小牧は言った。

「期待しないでください」


機捜235に乗り込むと、高丸は縞長に尋ねた。

「なんで、あんな質問をしたんだ？」

「あんな質問？」

「二百万円。あれって、内田のリュックに入っていた金額だよね」

「思いつきだよ。誰かが二百万円を用意したわけだろう？」

「組織が金を出したのかもしれない」

「私も当初はそう考えていたんだけどね……」

「考えが変わったわけ?」

縞長はしばらく考えてから言った。

「荻生は極左暴力集団から離れて、『アザミの会』を見つけた。そして、頻繁にアクセスし、その中でグループを主宰するようになった。そのグループが過激化したということだね?」

「そうだね」

「津山弁護士や小牧さんによると、『アザミの会』は組織ではなく、ネットワークだという。つまり、序列や役割分担といった固定的な関係がないわけだ。所属しているという概念もないだろう。会員は好きなときに好きなように会と接するわけだ」

「うん。それが?」

「組織なら金を集めたりプールしたりできるが、ネットワークでは金が動かない」

「組織なら活動費が出るけど、ネットワークではそうはいかないということ?」

「私はそう思うね」

「過激なグループのメンバーが金を出し合ったんじゃない?」

「グループ自体に、そこまでの行動力はないように思う。むしろ、二百万円という金が犯行の動機になったのかもしれない」

「え……。どういうこと?」

「誰かが金を出して、荻生のグループを動かした。つまり、荻生は利用されたのかもしれない」

高丸は驚いた。

「もしかして、荻生を利用したのが小牧だと思ったわけ?」

縞長は小さく首を傾げた。

「さあ……。それはわからない。でも、誰かが金を出して荻生たちを動かしたのだという気がするんだ」

「もし、それが小牧だとしたら、俺たちが話を聞きに行ったことで、何かアクションを起こすかもしれない」

「ああ。だから、眼を離さないほうがいいだろうな」

高丸は、電話を出して徳田班長にかけた。

「どうした?」

「今、『アザミの会』の管理者の小牧に話を聞いたんですが……」

今縞長と話し合ったことを伝えた。

すると、徳田班長が言った。

「張り込んでくれ。時機を見て交代要員を送る」

「了解しました」

高丸は、駐車場に駐めていた機捜235を出して、小牧の自宅が見える場所に移動した。細い路地だが、そこに駐車するしかない。

「さて……」

高丸は言った。「動きはあるかな……」

縞長が言う。

「まあ、外れかもしれないがね……。それが捜査だ」

たしかに外れかもしれない。だが、小牧が金を出しているかもしれないなんて、高丸は思いもしなかった。

今になって思えば、四十代半ばの男性が、ウイークデイの昼間に、一人で自宅にいることにも理由があったわけだ。冤罪でひどい目にあった小牧は、世間を、そして警察を憎んでいるだろう。

つまり、犯行の動機があると言える。

縞長はそれを嗅《か》ぎ取ったのだ。理屈ではないだろう。肌で感じたに違いない。

さすが縞長だと高丸は思った。

「実はよくわからないんだけどね……」

縞長が言った。

「何が？」

「ネットワークという言葉だ。はっきりした概念はわからないが、たしかに組織とは違うようだね」

「俺も詳しく説明しろと言われたらわからない」

「中東の過激派なんかでも、最近はテロのネットワークなんて言い方をするね。ただ、インターネットを使っているというだけのことじゃない。その時々で、仕組みや関係性を変える。捉えどころがなく、とてもやっかいなものだという気がする」

「やっかいだろうが何だろうが、俺たちはそういうのと戦わなくちゃならない。そうだろう?」

縞長が、正面を向いたまま笑いを洩らした。

「そうだね。そのとおりだ」

午後三時半頃に張り込みを始めて、すでに二時間経った。かなり日が長くなってきたので、外はまだ明るい。

高丸は言った。

「動きはないね」

見ればわかるので、意味のない言葉だが、ついこうしたことを言ってしまうものだ。縞長は、そんな言葉にもちゃんとこたえる。

「電話もあるし、メールやSNSも使える。危険を冒して行動を起こす必要はないと考えているのかもしれない」

「あるいは、小牧は事件とは関係ないのか……」

「その可能性も充分にある。だがね……」

「だが？」

「あの家に足を踏み入れたとたんに、何ともいえない違和感があったんだ」

「立派な一戸建てに一人で住んでいたから？」

「そうだな。家族のにおいがしなかっただろう」

「家族のにおい？」

「そう。家族の仲がよかろうが悪かろうが、家庭には人間くさい肌触りがあるものだ。だが、小牧さんの家にはそれがまったく感じられなかった。生活のにおいがない。つまり、この人は本来の意味でいう生活をしていないんじゃないかと思ったんだ」

「本来の意味での生活をしていない……？」

「つまり、自分の生活よりも重要だと感じているものがあるということだ。それがいいほうに出る人もいる。生活を忘れて研究に没頭する人とか、自分のことは二の次で世のため人のために尽くす政治家とか……」

「今どき、そんな政治家いるかな……」

「小牧さんの場合は、そんなんじゃない。何かにこだわり、心を奪われていると感じた。つまりそれが、冤罪をきっかけとした警察や世間に対する憎しみだったんだ」

高丸は、しげしげと縞長の横顔を見つめた。小牧に会い、家に足を踏み入れただけで、それだけのことを感じるとは……。

「小牧とは初対面だよね？」

「もちろんだ」

「なのに、そんなことがわかっちゃうんだ？」

「まあ、半分以上、当てずっぽうだよ」

「だけど……」

高丸は思案しながら言った。「考えれば考えるほど、シマさんが言っていることが正しいような気がしてくる。小牧は、『アザミの会』の面倒を見ている。だから、ネットワーク全体に目を配っているだろう。荻生たちの言動もすぐにキャッチしたはずだ。二百万円くらいの金はどうにかなりそうな経済状態に見えた。そして、小牧には動機がある」

「こじつけにならないように、気をつけないとな……」

「シマさんは、どう思ってるの？」

「どうだろう……。確信はない。可能性は半々だと思う」

さらに時間が経ち、日が暮れた。小牧の家に明かりが点《とも》った。先ほど高丸たちがいたリビングルームの掃き出し窓から光が洩れていた。

午後六時を過ぎていた。高丸は運転席のサイドウインドウをノックする音を聞いた。見ると、吾妻がいた。

高丸がうなずきかけると、吾妻が右側から、森田が左側から後部座席に滑り込んできた。

吾妻が言った。

「交代だよ。どんな様子だ？」

「まったく動きがありません。家の中には小牧一人しかおらず、ちょっと前に明かりが点きました」

「たまたま聞き込みに行った相手がホンボシだなんて、そんなうまい話はないだろうと、田端課長は言っていた」

「希望的観測は禁物だからね」

縞長が言った。「田端課長はそのへんを充分に心得ているから、部下たちに釘《くぎ》を刺したんだろう」

「そうかもしれませんね」

吾妻が言う。「津山弁護士が荻生の住所を連絡してきましたが、引っ越す前の住所でした」

「やっぱりね」

「がっかりするのは早いですよ。特殊班のほうで進展がありました。防犯カメラに映っている荻生を見つけたんです」

「ほう。中目黒駅の防犯カメラかね？」

「いえ、渋谷駅にあるカメラの一つです」

縞長が目を丸くした。

「渋谷駅の人混みの中で、よく見つけたな」

見当たり捜査をしていた経験から、それがいかにたいへんなことか、実感があるのだろう。

吾妻がこたえた。

「特殊班だって、必死ですよ」

高丸は尋ねた。

「荻生は、中目黒で内田と会ったあと、東横線で渋谷に行ったということですね？」

「そういうことだろう」

「その後の足取りは？」

「特殊班が引き続き、防犯ビデオの解析を続けている」

「まだ、荻生の所在は確認できていないんですね？」

「ああ。でも、時間の問題だろう」

「時間の問題？　いや、その時間こそが問題なんでしょう。荻生がいつテロを実行するかわからないんです」

「荻生を見つけるまでに、そんなに時間はかからないだろうということだ。それで、小牧が黒幕かもしれないというのは、本当なのか？」

その問いにこたえたのは、縞長だった。

「あんまり期待しないでほしいね。単なる思いつきで、確証は何もない」

「いや、期待しますね。縞長さんの勘なら、自分は信用します」

今回の捜査を通じて、縞長はずいぶんと株を上げたようだ。

高丸は言った。

「じゃあ、自分らは引きあげます。このままこの車を使いますか？」

「いや、俺たちの車を近くに駐めている。この車で帰ってくれ」

「わかりました」

吾妻と森田が車を降りた。彼らが去ると、高丸はエンジンをかけた。

「とにかく、本部に戻ろう」

縞長がうなずいた。

午後七時頃、高丸と縞長は捜査本部に戻った。いつものように、まず田端課長が二人に声をかけた。

「おう、ご苦労だった。話は徳田班長から聞いている。小牧はどうした」

高丸はこたえた。

「動きはありません」

田端課長は無言でうなずいた。

徳田班長や高畑班長の姿がない。内田の取り調べを再開したのだろう。

高丸と縞長は、西田に近づいた。高丸は尋ねた。

「その後、荻生の足取りは？」

「渋谷駅の防犯カメラに映っていた話は？」

「吾妻さんから聞いた」

「映像から、荻生が井《い》の頭《かしら》線方面に向かっていたことがわかったので、今度は井の頭線に沿って、防犯カメラの映像を集めています」

特殊犯捜査第三係の床井係長が、高丸たちに言った。

「小牧が何か知ってそうなら、引っ張って吐かせたらどうだ？」

それにこたえたのは、縞長だった。

「彼は警察を憎んでいますからね。身柄を取ったら、反発して口を割ろうとしないでしょう」

「時間がかかるか……」

「ぶつける材料もありません」

追及するだけの証拠がないという意味だ。こちらに有利な証拠があれば、それを相手に提示して自白を迫ることもできるのだが……。

「今は監視するしかないか」

「はい。そう思います」

「わかった。自ら隊と交代で、また張り込みに行ってもらうから、待機していてくれ」

「了解しました」

午後十時になった。取り調べをしている高畑班長や徳田班長らは、まだ戻ってこない。

高丸は縞長に言った。

「張り込みを交代して三時間だ。そろそろ行って代わってやろうか」

「そうだね」

二人が捜査本部を出ようとしたとき、誰かが大声で報告した。

「荻生の映像を見つけたという知らせが入りました」

田端課長が即座に反応する。

「どこだ？」

「下北沢《しもきたざわ》駅です」

「やはり井の頭線に乗っていたか……」

「その後、小田急線に乗り換えた様子ですが、そこで足取りが途絶えています」

「小田急線……。上り方面か下り方面かわかるか？」

「下り方面だということですが……」

「下北沢から下り方面……」

高丸は思わず大声を出した。

「経堂《きょうどう》です」

田端課長が聞き返す。

「経堂？」

「小牧の自宅の最寄り駅です」

それを聞いた田端課長が命じた。

「経堂駅の防犯カメラ映像をチェックしろ。大至急だ」

縞長がつぶやくように言った。

「荻生と小牧がつながるかもしれない」

21

高丸は、床井係長に言った。

「自分らも、防犯カメラ探しに出ましょうか？」

「いや、小牧の監視だ。自ら隊の二人と交代してやってくれ」

「了解しました」

出かけようとすると、床井係長が高丸たちを呼び止めて言った。

「小牧は今や重要人物だ。くれぐれも眼を離すな」

「はい」

高丸と縞長は、機捜２３５に乗り込むと、小牧の自宅のある世田谷区赤堤三丁目に向かった。

車を駆りながら、高丸は言った。

「見張りの増員をしなくていいのかな……」

縞長が助手席から前を見たままこたえた。

「そういうことは、幹部が考えることだよ。私らは、言われたとおり対象から眼を離さなければいいいんだ」

「逃げられでもしたら、えらいことだよね……」

縞長が言った。

「そういうマイナスイメージを持っちゃだめだよ。それじゃ、昔の私だ」

「マイナスイメージを持っていたの？」

「心配性でね……。一度失敗すると、また失敗するんじゃないかと、そんなことばかり考えてた」

「増田はその頃のシマさんを知っているわけだね？」

「ああ。だから、増田が言っていることは間違いじゃないんだ」

「昔は間違いじゃなくても、今は間違いだ」

高丸は、きっぱりと言った。「それに、仲間にあんな言い方をするやつは許せない」

縞長が笑った。

高丸は尋ねた。

「何がおかしいんだ？」

「同僚を仲間というのは、高丸らしいと思ってね」

「それ、ほめてないだろ」

「ほめてもけなしてもいない。高丸らしいんだよ」

離れた場所に、機捜235を駐めて、徒歩で吾妻たちの車に近づいた。運転席の窓をノックしてから、高丸は縞長とともに後部座席に乗り込んだ。

「どんな様子だ？」

高丸が尋ねると、助手席の吾妻がこたえた。

「動きはない。部屋の明かりはまだ点いている」

高丸は、車窓から家の様子を見た。吾妻が言ったとおり、窓に明かりが見える。

「ビデオ解析の進展があった」

高丸は、渋谷と下北沢の駅の防犯カメラに、荻生が映っていたことを告げた。

すると、吾妻が言った。

「中目黒から渋谷に出て、井の頭線に乗ったということかな……」

高丸はうなずいた。

「下北沢で小田急線に乗り換えたらしい」

吾妻がルームミラーを使って高丸の顔を見た。

「ここに向かったということなのか？」

「それを今調べている。経堂駅周辺の防犯カメラを捜査員たちが探している」

「荻生は、中目黒を出たあとに小牧の家にやってきたということか……」

すると、縞長が言った。

「経堂のあたりで、荻生の映像が見つかれば、そう考えることもできるが、今はまだ何とも言えんね」

吾妻が縞長に言った。

「監視の増員が必要なんじゃないですか。自分らはこのまま張り込みを続けましょうか？そうすれば、四人で見張ることができます」

縞長はかぶりを振った。

「あせらず、ここは私らに任せてくれ。六時間くらい経ったら、また交代してほしいね」

「わかりました。では、自分らはいったん捜査本部に戻ります」

高丸と縞長は車を降りて、機捜235に向かった。吾妻たちの車が走り去ると、その場所に機捜235を移動して、張り込みを始めた。

すでに十時半を回っている。小牧の家の明かりはまだ消えない。

張り込みをしていると、いろいろなことを考える。

「内田を取り逃がして、かえってよかったよね」

高丸が言うと、縞長が尋ねた。

「ん……？　それはどういうことだい」

「中目黒のコンビニの前でのことさ。俺たちが内田を捕まえていたら、荻生のことはわからなかったわけだ。爆弾テロの計画も……」

縞長はしばらく考えていた。やがて、彼は言った。

「いや、指名手配犯をみすみす取り逃がすというのは、やっぱりミスだよ」

「そりゃそうだけど、まあ怪我の功名《こうみょう》ってことだろう」

「私の経験で言うとね、警察官にとって怪我の功名なんてないんだ。失敗はどんなときも許されない」

「人間なんだから、失敗はするだろう」

「普通の仕事なら、失敗してもたいていは取り返しがつく。一般企業で何か失敗をしても、乱暴な言い方をすれば、ただ損をするだけのことだろう。だが、警察官が失敗をすれば、人の人生や命に関わることになる。法律に則《のっと》った仕事をするというのは、そういうことなんだと思う」

高丸は少々驚いた。

「そんなふうに考えていたら、萎縮しちまって、かえって失敗するんじゃないのかな……」

縞長が笑みを浮かべた。苦笑かもしれないと、高丸は思った。

「だから、かつて私は何をやってもうまくいかなかったんだ」

「そうだったんだ……」

「でも、私は今でも同じことを思い続けている。そして、それでよかったと思っている」

高丸は黙ってうなずいた。

こんなときでないと、縞長からこうした話は聞けない。張り込みも悪くはないと思った。

日付が変わろうとする頃、高丸の携帯電話が振動した。機捜231の篠原からだ。

「経堂駅の防犯カメラの映像で、荻生が確認された」

「やっぱり、小牧と接触したんでしょうか？」

「ほぼ、間違いないだろう。張り込み要員を増やす。俺たちも今、そっちに向かっている」

「機捜231の他には誰が来ます？」

「特殊犯捜査第三係から四人。公安の中村と田辺。以上、俺たちを入れて八人だ。おまえたちを入れると十名ということだな」

「了解しました」

「荻生が小牧の自宅を訪ねたりはしていないな？」

「自分らが監視を始めてからは、誰も出入りしていません」

「わかった。あと十分で到着する。携帯通信系のハンディを持っていく」

「了解」

電話が切れたので、今の話の内容を縞長に告げた。

縞長が言った。

「じきに小牧の身柄を取ることになるだろうね」

「もう引っ張ってもいいのに」

「小牧が痴漢の冤罪で人生をめちゃくちゃにされたのを忘れたのかい。ここは慎重にやらなけりゃならないんだ」

「でも、今回は冤罪じゃないし、テロ事案なんだ」

「逮捕経験のある小牧は、それだけ手強いということだ。さっきも言ったことだが、ここは失敗が許されないんだ」

「わかったよ」

高丸は言った。「独断専行なんてしないから、心配しないでくれ」

それから十分後、篠原が車の後部座席に滑り込んできた。

そして、ハンディ無線機を一台差し出した。

高丸は言った。

「え？　無線機は一個なんですか？」

「二人に一個だ。その後、変わりはないか？」

「変わりありません。家の明かりもまだ点いていますね」

「車は、この２３５を入れて三台だ。路上で張り込みをする捜査員が、休憩にやってくるかもしれない」

「了解です」

「俺たちは、小牧の家を挟んで反対側の通りにいる。車に戻ったら、無線のチェックをするから、すぐに開局しておけ」

「わかりました」

篠原が車を降りて、静かにドアを閉めた。

無線のスイッチを入れて、待っていると、入感《にゅうかん》した。

「各局。こちら、特殊班1。無線チェックです。コールサインは、機捜231、機捜235、公安、特殊班1、特殊班2とします。特殊班2、応答願います」

特殊犯捜査第三係の四人が二組に分かれ、それぞれ「特殊班1」と「特殊班2」と呼ぶことにしたということだろう。あとは、普段の呼び名のままだ。

それぞれの班が呼び出しにこたえる。

「機捜235、応答願います」

高丸はこたえた。

「特殊班1。こちら、機捜235。感度あります。どうぞ」

「機捜235。特殊班1、了解」

無線のチェックが終わった。後はひたすら、何かが起きるのを待つだけだ。あるいは、何も起きないことを確かめるのか……。

午前一時に、小牧の家の明かりが消えた。すべての班から、「消灯確認」の無線が入る。

高丸は言った。

「明かりが消えたということは、小牧が中にいるということだね」

「さあて、どうかね。決めた時間に明かりを消すシステムがあるじゃないか。何時に明かりを消してくれと、話しかけるだけでやってくれるものもある」

「じゃあ、シマさんは、小牧が家にいないと思うわけ？」

「我々の裏をかいて、家を抜け出すことは不可能じゃない」

「もしそうだとしたら、話を聞いてからずっと見張っていた俺たちの立場がないな」

「まあ、そういう可能性もあるという話だ。私も、小牧は家にいると思うよ」

「こうしている間にも、荻生がどこかを爆破するかもしれない。そう思うと、居ても立ってもいられない気分になるな……」

「荻生は、小牧からの指示を待っているんじゃないかね」

「小牧からの指示を……？」

「ああ。おそらく黒幕は小牧だ。そして、小牧は我々の監視に気づいて、どうすべきか考えているんだろう」

「何を考えていると思う？」

「どこかで爆発が起きれば、我々は黙っていない。どんな手を使ってでも小牧の身柄を取る。小牧にはそれがわかっているんだ」

「なるほど……」

互いに、相手の一手を予想している棋士のようなものだな。高丸はそんなことを思っていた。

午前二時頃に、無線が入った。

「各局。こちら、特殊班1。状況知らせ」

それぞれの班から次々に「異常なし」の報告が入る。定時の連絡は、状況確認だけでなく、眠気覚ましの役にも立つ。

その後、午前三時、午前四時と正時に無線連絡を取り合った。小牧の家に誰かが出入りした様子はない。

午前三時過ぎには、新聞配達のバイクが走り抜けていった。

午前六時の無線は、それまでの定時連絡とは違った。

特殊班1が言った。

「捜査本部から電話連絡があった。機捜235と機捜231は、そのまま対象家屋の監視を続行。その他は、付近の聞き込みに回る」

高丸は、無線で「了解」と告げてから、縞長に言った。

「機捜組は、張り込みしかやらせてもらえないのかな」

「交代もなしに張り込みを続けてるんだから、休んでおけということだろう」

「そんな気づかいをしてくれるとは思えないけどな」

「何事も、いいほうに解釈することだよ」

路上組は結局、機捜235にはやってこなかった。別の車で休憩したのかもしれないと、高丸は思った。

空が白みかけたと思ったら、ちらほらと人影を見かけるようになった。玄関先を掃除する老婦人がおり、庭先で体操を始める者もいる。

住宅街の朝は意外と早いのだと、高丸は思った。

午前七時を過ぎた頃、また無線が入った。

「特殊班1。こちら、特殊班2。被疑者の目撃証言あり。監視対象者宅に出入りしていたという情報」

「特殊班2。こちら特殊班1。電話で詳細を教えてくれ」

「了解」

それきり無線が沈黙する。

すっかり眠気が覚めた。高丸は縞長に言った。

「荻生の目撃情報ということだよね？　荻生が小牧の自宅に出入りしていたという……」

「そういうことのようだね」

「これって、決定的じゃない。ただ監視してるだけなのか……」

「あせることはない。今頃、特殊班1から捜査本部に連絡が行っているだろう。捜査本部から指示があるのを待つしかない」

それから五分後、高丸の携帯が振動した。徳田班長からだった。

「荻生の目撃情報のことは知っているな？」

「はい。無線で聞きました。小牧の自宅に出入りしていたとか……」

「荻生はアパートを出てから、小牧の自宅に住んでいたらしい。小牧が計画に関わっている可能性があるので、小牧、荻生、両者の逮捕状と小牧宅の捜索差押許可状を請求している。それが下り次第、そちらに届ける。そうしたら、特殊班の指示で小牧の身柄確保だ」

高丸は血が熱くなるのを感じた。

「了解しました。取り調べのほうはどうですか？」

「内田はまだしゃべらないが、弁護士は取引を考えているようだ。こちらでも動きがありそうだ」

「わかりました」

電話が切れたので、徳田班長の言葉を縞長に伝えた。

「いよいよ捕り物だね。だが、問題は、身柄を取った後、小牧が爆弾を何に使うのかをしやべるかどうかだね」

「何としても口を割らせるさ」

「小牧は確信犯だ。つまり、信条をもとに犯行に及んだわけだ。確信犯はなかなかしゃべらない」

「とにかく……」

高丸はフロントガラスから小牧の自宅を見つめた。「小牧を逮捕して、身柄を捜査本部に運ぶことが先決だよ」

午前八時に、逮捕状と捜索差押許可状が届いたと、特殊班1が無線で告げた。

さらに、特殊班1の言葉が続く。

「特殊班1と特殊班2で、逮捕状を執行する。機捜235及び機捜231は、対象者の逃走に備えて、その場で待機。公安は裏口を固めてくれ」

「特殊班1。こちら機捜231。了解しました」

「公安、了解」

高丸も無線でこたえた。

「機捜235、了解しました」

「特殊班1より、各局。身柄確保の後は、公安が機捜235で身柄を捜査本部に運ぶように。残りの特殊班1、特殊班2、機捜231は家宅捜索に当たる」

再び、各班が「了解」を告げる。

「では、特殊班1、特殊班2、令状執行に向かう」

高丸は、縞長に言った。

「こないだの目黒署の件みたいに、被疑者が俺たちの目の前に現れたりしないだろうね」

「金本の件だね。あり得ることだから、気をつけていないとな……」

「そうしたらまた、シマさんの合気道の技が見られるかもしれない」

「今度は高丸の柔道の腕を見せてくれよ」

だが、どちらの武術の腕を披露することもなしに、小牧の身柄は特殊班によって確保された。

四人でその身柄を、機捜235まで運んできた。小牧に抵抗する様子はない。

後部座席に三人が乗り込んでくる。真ん中が被疑者の小牧、その両側が公安の中村と田辺だ。

中村が言った。

「では、捜査本部まで頼む」

高丸は「了解」とこたえて、すぐに車を出した。

小牧は何も言わない。すでに黙秘をする覚悟なのではないかと、高丸は思った。

慎重に運転をして、警視庁本部に到着したのは、午前九時頃のことだった。特捜班で捜査していたときは隠密行動だったが、捜査本部ができるとそういうわけにはいかない。

駐車場に進もうとすると、歩道に記者たちが群がっている。

公安の中村が言った。

「記者を轢《ひ》くなよ。面倒なことになるからな」

「はい」

高丸は慎重に車を進める。記者は警視庁の駐車場までは入ってこない。

公安の二人、そして縞長、高丸の四人で取り囲むようにして小牧を警視庁本部の留置場に運んだ。留置手続きを済ませると、四人は捜査本部に戻った。

捜査本部には田端課長と新堀隊長の姿があった。

田端課長の質問が飛んでくる。

「小牧の身柄はどうした？」

中村がこたえる。

「留置しました」

「よし。すぐに取り調べを始めてくれ。葛木キャップ、誰を当たらせる？」

「ネゴシエーターの多伊良《たいら》と白井《しらい》にやらせます」

SITの交渉担当だ。

高丸は近くにいた捜査員に尋ねた。

「高畑班長や徳田班長は？」

「内田の取り調べだ。夜間は中断していたが、朝八時から再開している」

「内田はまだ何もしゃべらないんだな？」

「しゃべらない」

縞長が言った。

「内田も確信犯だからなあ……」

高丸は縞長に言った。

「でも、内田はしゃべりたがっているんじゃないのか？」

縞長は肩をすくめた。

「まだ、どちらに転ぶかわからない状態だね」

22

いつ、どれくらい寝たか、もう覚えてはいないし、できるだけそのことを考えたくはなかった。くたくたに疲れているはずだが、高丸の気分は高揚していた。おかげで、今は疲れや眠さを感じていない。

縞長は、ずっと変わらない様子だった。さすがにベテラン警察官だと思った。

午前九時半頃のことだ。津山弁護士が捜査本部にやってきて、大声で言った。

「『アザミの会』の小牧を逮捕したって？　いったい、どういうことだ」

一瞬、捜査本部の中が静まり返った。

沈黙を破ったのは田端課長だった。

「それを、誰から聞きました？」

「そんなことはどうでもいい」

「どうでもよくはありません。捜査情報が漏洩《ろうえい》しているということです」

「記者が連絡してくれた。冤罪についてのキャンペーンを担当したことがある記者で、小牧の顔を知っていたんだ」

「あなたは、小牧の弁護士なんですか？」

「今から引き受けてもいい」

「アザミの会」のことは、津山から聞いたのだ。それで小牧が逮捕されたので、津山は自分の立場がないと感じ、腹を立てているのだろう。高丸はそう思った。

田端課長は大きく息をついてから言った。

「大声を出さず、こっちに来てください」

「大声を出すな、だって？　聞かれてまずいことでもあるのか」

「捜査本部は、聞かれてまずいことだらけなんですよ。そして、これから話すことは、とりわけ外部の者には聞かれたくない。あなたもそう思うはずです」

津山弁護士は、出入り口付近で仁王立《におうだ》ちしていたが、おもむろに幹部席に近づいた。

二人の声のトーンが落ちたので、高丸と縞長は、少しだけ彼らに近づいた。

田端課長が言った。

「誰か椅子を。まあ、座ってください」

近くの係員がパイプ椅子を持ってくる。それでも津山は立ったままだった。

「冤罪に対する運動をしている小牧に対する嫌がらせでしょう。不当逮捕だ。すぐに釈放すべきだ」

「あなたはまだ、小牧の弁護士ではないのでしょう？」

「冤罪に関することなので、黙ってはいられない」

「荻生が小牧の自宅に潜伏していたんです」

津山は一瞬、反論の姿勢を見せたが、言葉を発することなく考え込んだ。

田端課長がさらに言った。

「あんたにこちらの手の内をさらしたくはない。だが、内田から何かを聞き出すのに協力してくれるというのなら話しましょう」

「取引の件か？　ならば、その話を聞いてから判断しよう」

津山の声のトーンがさらに落ちた。そして彼は、椅子に腰を下ろした。

田端課長はうなずいてから言った。

「内田が爆弾を作って荻生に渡したと我々は考えています。内田が持っていた二百万円は、その報酬です。現在、荻生の足取りはつかめず、何らかの爆破計画が進行中だと、我々は考えています」

「その話はすでに聞きました」

「我々は、内田が持っていた二百万円に注目したのです。荻生が用意できる金額とは思えない。背後に誰かがいるのではないかと考えたわけです」

これは、もともと縞長の推理だったと、高丸は思った。

津山が言った。

「それが小牧だ、と……」

「これから詳しく話を聞きます。さて、あなたの依頼人の内田ですが、これでますます立場が悪くなったとは思いませんか？」

「ほう、それはなぜでしょう？」

「今、小牧の自宅の捜索を行っています。小牧と荻生の関係が明らかになるはずです。さらに、荻生と内田のつながりもわかるかもしれません。そうなれば、内田のテロ計画への関与は否定できなくなるでしょう」

津山の怒りはすっかり収まった様子で、彼本来のしたたかさが見られた。

「内田の起訴内容は、過去の爆破事件の罪状だけに限ること。これが、取引の条件です」

「人質立てこもり事件は大目に見ましょう」

「荻生と小牧が何かを計画していたとしても、内田がそれに関与しているわけではありません。いいですか？　拳銃で殺人事件が起きたとしても、拳銃メーカーを共犯で逮捕することはできないんですよ」

「詭弁ですね。爆弾を作って金と引き換えに荻生に渡したとしたら、計画への関与は明らかです。ただし……」

「ただし？」

「内田が、小牧と荻生の計画について何か話してくれたら、こちらもいろいろと考えますよ」

「具体的には？」

「荻生に騙《だま》されたとか、脅されたとか……。まあ、情状を酌む方法を考えてもいい」

津山は即座に言った。

「すぐに依頼人に会わせてください」

それから約一時間後、内田の取り調べをしていた高畑班長、徳田班長、棚橋の三人が、津山弁護士を連れて捜査本部に戻ってきた。

高畑班長がまっすぐに幹部席に近づき、言った。

「荻生の狙いは警察のようです。内田が供述しました」

田端課長が確認する。

「警察の施設に爆弾を仕掛けるということか?」

「はい。時限爆弾ではなく、携帯電話を使った遠隔操作の爆弾だということです」

携帯電話に着信すると着信音を鳴らしたり、画面に表示したりするために電流が発生する。その電流を電気信管につなげば、遠隔操作の爆弾ができる。

高丸も、それくらいの理屈は知っていた。

田端課長が尋ねる。

「警察のどこに爆弾を仕掛けるんだ?」

「それは知らないと、内田は言っています」

津山が言った。

「知らないというのは本当のことですよ。取引のことは依頼人もちゃんと理解している。だから、約束は守ってもらいますよ」

田端課長が津山に言った。

「武士に二言はありませんよ」

「けっこう」

それから津山は、思い出したように言った。「小牧さんの件ですが、私の依頼人の口を割らせるために逮捕したんじゃないでしょうね。そうなると、不当逮捕ですよ」

「そういうことは、正式に小牧の担当弁護士になってから言ってください」

「わかりました。そうしましょう」

津山は踵を返して、捜査本部から出ていった。

田端課長が大声で尋ねた。

「ガサはどうだ？　何か見つからないのか？」

特殊犯捜査第三係の床井係長がこたえた。

「たしかに、荻生が潜伏していたらしい形跡があったようです。しかし、爆破計画についての手がかりはありません」

それを聞いた新堀隊長が田端課長に言う。

「小牧が証拠湮滅《いんめつ》したのかもしれませんね」

「……あるいは、証拠を残さないように用心していたのかもしれない。いずれにしろ、この捜査本部だけでは手に負えなくなってきた。警察がターゲットとなると、警備部の力を借りなきゃならん」

そう言いながら田端課長は、警電の受話器に手を伸ばしていた。

課長自らが電話をするということは、相手は部長か参事官だろうと、高丸は思った。

田端課長が電話をかけている間、捜査員たちはひそひそと会話をしていた。高丸も例外ではなかった。

「警察に爆弾を仕掛けるって、本当だろうか」

高丸が言うと、縞長がこたえた。

「こういう場合は、本当だと仮定して行動すべきなんだよ」

「警察の施設といってもいろいろあるじゃないか」

「そうだな……」

受話器を置いた田端課長が言った。

「警視庁本部は機動隊が固める。各警察署には、荻生の顔写真を送り、充分に注意するように通達を出す。荻生の逮捕状は取れているのか？」

それにこたえたのは、新堀隊長だった。

「小牧の逮捕状と同時に届いています」

「よし、指名手配だ」

そのとき、縞長が手を挙げて言った。

「あの、よろしいですか？」

新堀隊長が言った。

「何だ？　言ってくれ」

「顔写真と同時に、荻生が持っていたリュックの写真も、各警察署に送るといいと思います」

田端課長が尋ねる。

「リュック……？　なぜだ？」

「遠隔装置を組み込んだ爆弾となると、へたにいじくると危険です。内田から渡されたままの状態で持ち運ぶのではないかと思料いたします」

「そのリュックの写真は、どこにある？」

「中目黒駅前の防犯カメラの映像です。内田と会っているときに、リュックを交換しました」

「よし、ビデオから静止画像を起こして、荻生の顔写真といっしょに送付しろ。急げ。小牧の逮捕が、荻生の行動のひきがねになるかもしれない」

捜査員たちが一斉に動き出す。

その中で、特殊犯捜査係の三人の係長が、緊迫した面持《おもも》ちで何事か話し合っていた。やがて、床井係長が幹部席に向かって言った。

「課長のご指摘のとおり、小牧逮捕が荻生の計画実行のひきがねになる可能性はかなり高いと思います」

　田端課長が聞き返す。

「それで？」

「荻生が爆弾を仕掛けようとする場所に、捜査員を送れば、身柄を確保できるのではないかと思います」

「それはそうだが、荻生がどこに現れるかわからない」

「荻生が逮捕されて身柄を引っ張られた警察署ではないでしょうか」

「どこの署だ？」

　その質問にこたえたのは、公安の楠本だった。

「目黒署です。荻生は目黒署管内の青葉台《あおばだい》でビラ配りをしているときに逮捕されました」

　田端課長が思案顔で言った。

「今しがた、係長三人で、何か話し合っていたな。それが三人の結論か」

「そうです」

　田端課長に迷いはなかった。

「じゃあ、すぐに捜査員を急行させろ」

「了解しました」

　そのとき、再び縞長が挙手をした。

「待ってください」

田端課長が縞長を見て言う。

「どうした？」

「私は別の可能性もあると思料いたします」

「別の可能性？」

「小牧が逮捕された警察署です」

「なぜ、そう思うんだ？」

「小牧が首謀者で、荻生は彼の指示で動いていると思われるからです」

「たしかに荻生は小牧の自宅に潜伏していたようだ。だが、小牧が黒幕だという証拠はない」

「金の流れを調べれば、明らかになると思います」

そのとき、誰かが大声で言った。

「いい加減に出過ぎた真似はやめろ」

捜査員たちは、その声に注目した。声の主は増田だった。彼は、怒りの表情で縞長を見据えていた。

昨日の深夜の出来事で、恥をかかされたと思っているのかもしれない。

増田の言葉が続いた。

「どういうつもりで発言してるんだ。機捜はおとなしくしてろ」

それに対して、田端課長が言った。

「そう言う、君は何者なんだ?」

増田が気をつけをしてこたえた。

「特殊犯捜査第一係の増田です」

「先ほどのリュックの件といい、今の発言といい、俺はシマさんの意見は傾聴に値すると思うんだが、君はそうは思わないんだな?」

増田がぽかんとした顔になる。

「は……?」

「捜査本部にとって有用な意見だと言ってるんだよ。それに何か言いたいのなら、ちゃんと反論すべきだろう」

増田は青くなった。

「あ……、いえ、しかし……」

「出過ぎた真似というのは、君のほうじゃないのか?」

増田は、再びしゃんと背を伸ばして言った。

「申し訳ありません」

田端課長は、縞長を見て言った。

「金の流れか？」

「はい。家宅捜索で、銀行の通帳が見つかれば、まとまった現金を引き出したのがわかるはずです。未記帳なら、銀行で記帳してもらえばいい」

「押収した通帳に記帳してもらうのは、証拠の改竄《かいざん》にならないかな？」

すると、床井係長が言った。

「銀行にあるデータを出力するだけですから、改竄にはなりません。ただ、銀行が応じてくれるかどうか」

「必要なら大至急令状を取れ」

「了解しました」

床井係長がこたえる。

「それから、小牧が痴漢で捕まったのがどこの警察署だったか、調べろ」

「はい」

田端課長は、縞長に言った。

「傾聴に値するとは言ったが、金の動きがわかるまで待っちゃいられないんだ。捜査員を、目黒署に行かせる」

縞長がこたえた。

「承知しました」

「ただし、機捜は残れ。あ、それと自ら隊もだ。もし、小牧の金が荻生経由で内田に渡ったということがわかれば、そのときは、シマさん、あんたが機捜と自ら隊を仕切ってくれ」

いつの間にか、田端課長は縞長を「シマさん」と呼んでいる。

「私がですか……」

「任せたぞ。さあ、特殊班と公安は、目黒署に向かってくれ」

係長や班長をのぞいた捜査員たちが一斉に出かけていった。その中には増田の姿もある。

高丸は、ますます血が熱くなるのを感じていた。捜査が山場に来ているというだけではない。縞長が増田をやっつけたと感じたからだ。これほど気分のいいことはない。さすがは田端課長だと思った。

それから、三十分ほど経った頃、家宅捜索をしている班から連絡があった。その電話を受けた高畑班長が、幹部席に告げた。

「一月二十日に、小牧の口座から三百万円が引き出されているということです」

田端課長がすぐにそれに応じた。

「二百万円じゃなく、三百万円なのか……」

新堀隊長が言う。

「引き出されたのは、荻生がアパートを出た頃と一致しますね。その三百万円が荻生に渡ったと見て間違いないでしょう。爆弾を作るだけじゃなくて、他にもいろいろ費用がかかったのでしょうね」

「つまり、その三百万円のうちの二百万円が荻生から内田に支払われたということだな」

「そういうことですね」

田端課長が縞長に言った。

「小牧がどこの署に逮捕されたのかわかったか？」

その問いにこたえたのは、自ら隊の吾妻だった。

「代々木《よよぎ》署です。当時、小牧は会社員で、その会社の最寄りの駅が代々木上原《うえはら》だったんです。そこで捕まったんですね」

「よし。シマさん、代々木署に急行だ」

機捜235、機捜231、そして自ら隊の車三台で、代々木署に向かうべく、警視庁本部の駐車場を出た。

そのとたんに、高丸は目を丸くした。

「うわ、機動隊に囲まれてる」

縞長が言った。

「警視庁本部は何が何でも守らなきゃならないからね」

「いやあ、それにしても、ものものしいなあ……」

「すまないね」

「何が？」

「ペア長の高丸を差し置いて、現場指揮など……」

「つまんないこと言ってないで、無線のチェックでもしたら？」

「そうだね」

縞長が、機捜２３１や自ら隊の吾妻と連絡を取る。その声を聞きながら、高丸は代々木署に向けて車を走らせた。

23

高丸たちが代々木署に到着したのは、午前十一時四十五分頃のことだった。縞長は、無線で指示した。

「自ら隊と機捜２３１は、署の外で待機。不測の事態に対処できるよう、互いに距離を取って駐車してください」

「機捜２３５。こちら自ら隊、了解しました」

「機捜２３１、了解」

高丸は、彼らがどこに駐車するかを確認した。

代々木署は、国道20号に面している。その国道の上には首都高が通っており、署のすぐ近くに歩道橋がある。

機捜231は、歩道橋近くに路上駐車し、自ら隊の車は、署の前の駐車スペースに入った。機捜235の隣だった。

すると、玄関で立ち番をしていた私服の署員がやってきて言った。

「だめだめ、勝手に車を停めちゃ」

車を降りた縞長が、手帳を提示して言う。

「緊急なんだ。署長に会えるかね?」

すると、署員はむっとしたように言った。

「ばか言ってんじゃないよ。署長に会いたきゃ、それなりの手続きを踏みな」

高丸は言った。

「爆弾を仕掛けられるかもしれないって話、聞いてない?」

「何だそれ」

縞長が言った。

「私ら、立てこもり犯の捜査本部から来たんだ。仲間が警察署に爆弾を仕掛けると、その犯人が証言したんだ」

立ち番の署員は、ようやく縞長の言うことを理解して事態を悟ったようだ。表情を変えて言った。

「こっちに来てくれ」

彼は、副署長席に向かった。緊急事態には、まず副署長だ。

署員が報告すると、副署長が高丸と縞長を交互に見て言った。

「指名手配犯の顔写真とリュックの写真が回ってきていたが、その件か?」

縞長がこたえる。

「はい、そうです」

「そんなに差し迫った事態なのか?」

「代々木署が狙われる恐れがあります」

副署長はすぐに席を立ち、署長室のドアをノックした。

すると縞長が高丸に耳打ちをした。

「署長と話をしてくれ。私は署内に荻生がいないかどうか捜してみる」

「わかった」

縞長が立ち去ると、副署長が署長室への入室を促した。高丸は署長室に入り、気をつけをした。

署長が怪訝そうな顔で言った。

「うちの署に爆弾だって？」

「その恐れがあります。一般市民や署員の避難を急がねばなりません」

「爆弾となれば、警察署だけでは対処できない。警備部から爆弾処理部隊を呼ばなければ」

「至急手配されるべきだと思います」

署長は副署長に尋ねた。

「署内の態勢はどうなっている？」

「爆発物を所持しているらしい被疑者が指名手配されていて、その写真と、爆発物らしいリュックの写真が、捜査本部から送られてきています。地域課に指名手配犯の写真を渡しましたが……」

悠長な対応だと、高丸は感じた。それも仕方のないことかもしれない。

望ましくないことだが、指名手配もどこか他人事だと思ってしまうことがある。捜査本部と所轄ではかなりの温度差があるのだ。

署長が高丸に尋ねた。

「君は捜査本部から来たそうだね？」

「はい」

「捜査本部の責任者は誰だ？」

「田端捜査一課長がおられます」

「捜査本部はどこにある？」

「警視庁本部です」

署長は警電の受話器を取った。田端課長と話をするらしい。その間、副署長と高丸は立ったまま待っていた。

署長は詳しい経緯を聞こうとしている。そんな余裕はないんだと、高丸は思い、あせっていた。すでに、荻生は署内にいるかもしれない。

やがて、受話器を置いた署長が言った。

「本命は目黒署かもしれないと、田端課長は言っている」

「どちらも可能性があります。目黒署は爆発物を仕掛ける実行犯と関係があり、こちらの代々木署は、事件の黒幕と関係があるのです」

「黒幕というのは何者だ？」

「小牧という男で、痴漢で捕まったことがあります」

「うちの署が捕まえたということか？」

「本人は冤罪だったと主張しており、警察を激しく怨《うら》んでいる様子です」

「だからといって、爆発物など……」

「周到に用意をした形跡があります。こうしている間にも、爆発物が仕掛けられているかもしれません」

署長がようやくうなずいた。

「わかった。対処しよう」

続けて、署長は副署長に言った。「すぐに、一般市民を避難させろ。続いて、捜索担当以外の署員もだ」

副署長が言った。

「署長も避難なさってください」

「ばかを言うな。船を捨てて逃げ出す船長がどこにいる」

「しかし……」

「捜査本部の彼が言うとおり、爆弾処理部隊を至急手配しろ」

「わかりました」

高丸は言った。

「自分も、被疑者を捜したいと思います」

「そうしてくれ」

高丸と副署長は署長室を退出した。副署長が高丸に言った。

「爆弾処理部隊を手配する。署内の捜索にはどの程度の人員が必要だ？」

「写真を持っている地域課って、交番のことですか？」

「そうだ。まさか、署が狙われるなんて思ってもいなかったからな……」

「大至急刑事課に写真を配って、被疑者やリュックを捜索してください。それと、一般市民を避難させる人員が必要です」

「わかった。避難誘導は、交通課にやってもらおう」

「自分は、被疑者を捜しに行きます」

高丸はまず、縞長の姿を捜した。

ほどなく、一階にいる一般市民の避難が始まった。警察署には、交通違反関係や遺失物の問い合わせ、生活安全課が扱う許認可などで、かなりの人数の一般人が訪れている。

「署の外に出てください」という交通課の係員に、抗議する者も少なくない。

だが、今はそんなことを言っているときではない。

高丸は、一般市民を誘導しようとしている交通課係員に言った。

「爆発物の危険があると言ってください」

「そんなこと、言っちゃっていいのか？　パニックにならないか？」

「とにかく、避難させることです。危険だということがわからないと、人々は納得しないでしょう」

「わかった」

署員たちが「爆発物」と言いはじめると、ようやく人々は出入り口に向かった。

「外に出たら、できるだけ署の建物から離れてください」

そんな声も聞こえてきた。

一階の隅に縞長がいた。特に緊張している様子ではない。いつもと変わらぬ飄々としたたたずまいで、人の流れを眺めている。

高丸は、その縞長に近づいた。

「どう？」

「一般人を外に出すことが、犯行の予防になればいいがね……」

「そうなれば、荻生は署内に立ち入ることができないからな……」

「そういうことだね」

「すでに、荻生が署内に潜んでいるとしたら……？」

「その恐れもあるがね……」

「今、署員が例のリュックを捜しているはずだ」

高丸は、人の流れの中に、荻生の姿を捜そうとした。すでに荻生の人着は頭に入っているつもりだ。

だが、その姿は見当たらない。

署内に眼を配っていた縞長がぴたりと動きを止めた。高丸は尋ねた。

「どうした？」

「荻生かもしれない」

「え……。どこだ？」

縞長は、眼でその人物を指し示した。それを見た高丸は戸惑った。

「あの老人のこと……？」

縞長はうなずいた。

その人物は、白髪で背の丸まった老人だった。マスクをかけており、日よけ用の帽子をかぶっている。

膝を曲げてとぼとぼと歩いているので、人の流れについていけていないように見える。

高丸は、縞長が何を言い出したのか理解できずにいた。

縞長が無線で指示した。

「自ら隊、機捜231。こちら、機捜235。対象者確保願います。当該人物は、ベージュの日よけ帽にマスク。紺色のジャンパーにジーンズ……」

縞長はイヤホンで返事を確認したようだ。そして、高丸に言った。

「さあ、あいつを確保しよう」

「え……。どうしてあの老人を……」

戸惑う高丸にはかまわず、縞長が言う。

「慎重にいこう。気づかれないように二方向から近づく。私は、このまま彼の横から接近するから、高丸は背後から近づいてくれ」

縞長はすでに移動を開始している。ごちゃごちゃ言っている暇はなかった。とにかくここは、縞長の指示に従うしかない。

一般人の避難はまだ終わっていない。その後、署員も外に出るはずだ。縞長が確保しようとした老人は、うろたえたように時折たたずんでいる。

高丸は、人の流れを利用して慎重にその人物に近づいた。やがて、手を伸ばせば届くくらいの距離までやってきた。

縞長が、老人に声をかけた。

「ちょっといいですか?」

その人物は、縞長を見た。次の瞬間、彼は縞長を突き飛ばして、出入り口へと駆け出した。

「あ……」

老人とは思えない素早さに、高丸は虚を衝かれた。つかみかかろうとする高丸の手をすり抜けて、その人物は避難する人の列を押しのけた。

縞長の声が聞こえる。

「対象者が逃走。確保、確保」

無線で呼びかけているのだ。高丸も出入り口へ突進した。

「すいません。場所をあけてください」

大声でそう言いながらなんとか外に出る。

高丸はまだ戸惑っている。だが、縞長に言われたとおり確保することが先決だ。

とにかく、玄関から外に出た。見失ったらえらいことだと、高丸は必死だった。

そして、目の前の光景に、ほっとした。自ら隊の吾妻と森田が、老人を取り押さえていた。

高丸も応援に駆け寄った。そこに、機捜231の篠原と大久保も駆けつける。

「こいつ、白髪は変装だな」

篠原が男の帽子を取り、言った。さらにマスクを取る。すると、皺のない若々しい顔が現れた。その瞬間に、高丸の疑問はすべて解消した。

「荻生壮太だね」

縞長の声がして、高丸は振り向いた。

「変装してたんだね……」

高丸の問いに、縞長がうなずいた。

「ああ。背を丸めてよぼよぼ歩くのも演技だったわけだ。なかなかの演技力だった」

吾妻が言った。

「確保しようとしたとき、こいつ、スマホを手にしてやがった」

高丸は言った。

「電話で爆弾を起動させるつもりだったんだ」

「真っ先にもぎ取ってやったよ」

縞長が言った。

「荻生を確保したので、すべての署員を外に出すように言った。我々もここを離れよう」

そのとき、玄関のほうから声が聞こえてきた。

「あったぞ。写真のリュックだ。飲み物の自販機の脇だ」

「総員、退避。署長もお連れしろ」

縞長が言った。

「あとは、爆弾処理部隊に任せよう」

高丸たちは、荻生を機捜235に乗せ、捜査本部に向かうことにした。身柄移送のために、吾妻と縞長が後部座席で荻生を挟んでいる。

出発間際に署長が近づいてきたので、高丸と縞長は車を降りて気をつけをした。

署長が言った。

「君たちのおかげで助かった。もし、犯人を確保しなければ、署がどうなっていたか……」

高丸はこたえた。

「務めを果たせてよかったと思います」

署長は後部座席にいる荻生を見て言った。

「手配写真とずいぶん違うじゃないか」

「老人に変装をしていました」

「うちの署員は誰も気づかなかった。よく見破ったものだ」

「ここにいる縞長が気づきました。縞長は見当たり捜査班にいたことがあります」

署長が縞長を見て言った。

「なるほど見当たり捜査班か。さすがだな」

「では、被疑者の身柄を運びます」

「ああ、よろしく頼む」

高丸と縞長が乗り込み、機捜235は出発した。

荻生の留置手続きをして、自ら隊や機捜231の二人と捜査本部に戻ると、歓声が上がった。高丸は、そんな扱いを受けたことがないので、どうしていいかわからなくなった。

縞長も同様に戸口でぽかんとしている。

田端課長の声が聞こえてきた。

「ご苦労だった。荻生の身柄は？」

高丸はこたえた。

「留置しました」

「よし、特殊班は逮捕状を執行して、すぐに取り調べを始めてくれ」

床井係長が、捜査員を指名して留置場に向かわせた。その後、取調室に移動するのだ。

芦川係長が言った。

「目黒署という俺たちの読みは外れたな。縞長さんの読み勝ちだ」

すると、田端課長が言った。

「シマさんの手柄はそれだけじゃない。今しがた、代々木署の署長から連絡があった。荻生は老人に変装していたらしいな。それをシマさんが見破ったんだ」

芦川係長が縞長に尋ねる。

「変装を見破るって、いったいどうやって……」

縞長は困ったような顔のままでこたえた。

「眼なんです」

「眼……？」

「はい。変装しようと、整形手術をしようと、眼だけは変えられません」

「しかし、対象者は人混みに紛れていたんだろう？」

「それを発見する訓練を積んでおりますので……」

芦川係長がつくづく感心した様子で言った。

「そりゃあ、たいしたもんだ」

田端課長が縞長に言う。

「見当たり捜査班での苦労は伊達じゃなかったな」

縞長が消え入りそうな声でこたえた。

「どうも、恐れ入ります……」


被疑者確保で、捜査本部の仕事がすべて終わるわけではない。取調官たちは、被疑者から証言を引き出そうと必死の戦いを続ける。

一方、その他の捜査員は書類作りに追われる。送検手続きのための書類に加え、容疑を裏付けるありとあらゆる証拠をすべて書き出して、詳細な説明を加えなければならない。

さらに、確固とした証拠が不足している部分には、疎明《そめい》資料を付けなければならず、この作成にひどく骨が折れるのだ。

パソコンに向かう吾妻が言った。

「刑事って、こんな思いをしなけりゃならないのか……」

「知らないよ」

高丸はこたえた。「俺たち機捜は、被疑者を送検したりしないから……」

縞長が笑いながら言った。

「刑事の仕事の半分以上は、書類作りなんだよ」

吾妻が言った。

「だったら刑事にはなりたくないなあ。俺は自ら隊のままでいい」

高丸は言った。

「地域課だって書類は作るだろう」

「遺失届とか、被害届とか、まあ、あることはあるが、こんなに面倒な書類はないよ」

縞長が言った。

「警察も役所だからね。定年まで書類はついて回るよ。特に管理職になれば増える一方だ」

吾妻が溜め息まじりに言う。

「俺はずっとパトカーに乗っていたいなあ」


その日の夜に、荻生と小牧が犯行を自供したと、取調官たちが告げた。

すでに内田は、取引を前提に、荻生に金で雇われたことを自供していた。

荻生が警察を怨んでいるという話を聞き、彼の計画に加担することを決めたと言ったが、本当の動機は金だろうと、高丸は思った。定職に就いていない内田には二百万円という金がどうしても必要だったのだ。

彼は作業場として、中目黒五丁目に古い倉庫を借りており、そこで爆弾を作っていたらしい。

東横線祐天寺《ゆうてんじ》駅近くの住宅街の中にある貸倉庫で、そこを訪ねた捜査員は、「こんなところで爆弾を」とあきれ、なおかつぞっとしたという。万が一事故でもあれば大惨事につながりかねない。そんな場所で、密《ひそ》かに危険な作業を続けていた内田に、高丸は今さらながら腹が立った。

荻生は、かつて「セクト」と呼ばれた極左暴力集団を脱退する間際に、内田と知り合ったのだという。内田は、セクトのメンバーではなかったが、思想的に近いものがあるので、集会などに顔を出すことがあったのだ。

荻生は内田に爆弾作りという特技があることを知り、妄想に近い形で犯行の計画を練りはじめる。

その妄想を現実のものにしたのが、小牧だった。小牧は荻生同様に、警察に復讐することを夢想していたのだ。

「アザミの会」というネットワークで、荻生と小牧が出会うことで、夢想が現実となっていったのだ。

「横暴でずさんな警察の捜査が生んだ犯罪だ」

内田の接見に来ていた津山弁護士がそう言ったそうだ。

ふざけんなと、高丸は思った。

必死に務めを果たそうとしても、できないこともある。それを批判されるのが悔しかった。そして、警察というのはその言い訳が許されない仕事なのだと思った。

24

徹夜も覚悟していたが、なんとか日付が変わる前に、すべての書類がそろった。明日には三人とも送検できる運びとなった。

これで捜査本部も解散かと思っていると、特殊班の連中が湯飲み茶碗を用意しはじめた。

高丸は、縞長に尋ねた。

「何が始まるんだ？」

「捜査本部が明けるときは、茶碗酒というのが伝統なんだ」

「あ、なんかドラマで見たことがあるな……」

「今どきはもう、そういう習慣はなくなったと思っていたけどね。田端課長は昔気質《むかしかたぎ》の人のようだ」

その田端課長が、一升瓶を手に言った。

「警察署への爆弾テロという未曽有《みぞう》の惨事を防げたのは、ここにいるみんなのおかげだ。ご苦労だった」

酒を注《つ》いだ茶碗が捜査員たちに配られる。

高丸は縞長に言った。

「俺は飲めないけどね。機捜車を渋谷分駐所に戻さなきゃならない」

「俺は飲むぞ」

そばにいた吾妻が言った。「俺たちが乗っていた車は、本部に返せばいいんでな」

森田が言った。

「……ということで、自分も飲みます」

田端課長の音頭で乾杯をした。車を運転しなくていい捜査員たちは茶碗酒を飲む。高丸と縞長は日本茶を飲んでいた。

機捜231の篠原と大久保も茶だ。結局、機捜隊員は誰も酒を飲んでいない。それでも全員が、事件解決の達成感と解放感を充分に味わっているはずだった。

田端課長の言葉が続いた。

「テロ計画の摘発も、端緒は指名手配犯の内田を発見したことだった。機捜の手柄だ。あっぱれだったな」

田端課長の隣にいる新堀隊長が、ご機嫌な顔で言った。

「いつもは日陰の身だからな。たまには、こうして捜査一課長に持ち上げてもらわんと……。あ、そうそう。今回は、自ら隊の二人も活躍してくれた」

吾妻が言う。

「越境パトロールの件でお世話になりました。おかげで処分されずに済みました。御恩は忘れません」

こういう場で、上司に堂々と言葉を返せるのはたいしたものだと、高丸は思った。

「おい、シマさん」

縞長に呼びかける者がいた。高丸もその声のほうを見た。

増田だった。縞長がとたんに萎縮したように見えた。

こいつはまだ、シマさんに厭味《いやみ》を言うつもりだろうか。

そう思った高丸は増田に言った。

「何です？　まだ何か言いたいことがあるんですか？」

増田は高丸を一瞥したが、こたえようとはしなかった。彼は、縞長を見たまま言った。

「あんた、たいしたもんだなあ……」

それは皮肉ではなさそうだった。

それだけ言うと、増田は二人から離れていった。

その後ろ姿を見ながら、高丸は言った。

「何だよ、あれ」

「増田はね、ああいう言い方しかできないんだよ」

「あれで褒めたつもりなの？」

「昔、増田には迷惑をかけっぱなしだったからね」

「ふん。ようやく、昔のシマさんとは違うんだってことに気づいたわけだ」

「今の増田の言葉は、私にとって最高の褒め言葉なんだよ」

「だからさ……」

「何だい？」

「もう、刑事とか捜査本部とかにびびることはないよ」

縞長は、捜査本部の中を眺めながら、一言「そうだね」と言った。

そこに徳田班長がやってきて言った。

「二人ともまともに寝ていないだろう。今日はゆっくりと休め」

高丸はこたえた。

「そう言われて、急に疲れが出ました」

「この三日間、232と236だけで、渋谷分駐所を回してくれていた。明日からは、四交代に戻す」

機捜236は、梅原と井川の車両だ。

「謹慎から復帰したとたん二交代じゃ、梅原たちはヘロヘロでしょうね」

高丸の言葉に、徳田班長は苦笑を浮かべてこたえた。

「ミスは許されないと、骨身に染みてわかっただろう」

「そう」

縞長が言った。「警察官にミスは許されません。今回の事件も、元はといえば警察のミスや傲慢《ごうまん》に端を発しているのです」

徳田班長がうなずく。

「我々一人ひとりが肝に銘じるべきだな」

そこにまた、自ら隊の二人が近づいてきた。吾妻が徳田班長に言った。

「今回はお世話になりました。いい勉強になりました」

徳田班長が言う。

「そんな殊勝なことを言うようなタイプには見えなかったがな……」

「自分は謙虚なつもりですよ。勉強になったというのは本心です。縞長さんのご活躍には舌を巻きました」

高丸は言った。

「自分は、あなたの物怖《ものお》じしない物言いに、舌を巻きましたよ」

吾妻はにやりと笑って言った。

「俺は謙虚だって言ってるだろう。なにせ、俺たち自ら隊やおたくら機捜は、石ころみたいなもんだからな」

「石ころ……？」

「そう。道端に転がってる石ころだ」

「まあ、そう言われてみればそうかなあ」

高丸は言った。「自分らみたいなのは、警察内にごろごろ転がってますね」

「捜査本部なんて夢みたいだったよな。明日からまた、石ころの生活に逆戻りだ」

「その石ころがさ……」

その声に振り向くと、田端課長が立っていた。高丸たちは気をつけをした。

田端課長は言葉を続けた。

「それが大切なんだよ」

そのとき突然、「気をつけ」の号令がかかった。すでに気をつけをしているのに何だと、高丸は周囲を見回した。

出入り口に二人の人物が姿を見せた。気をつけの号令はそのためだった。

「刑事部長に……」

田端課長がつぶやくように言った。「警視総監だ」

二人は幹部席まで悠然と歩いていった。高丸にとっては、両方とも雲の上の存在だ。半ば呆然としてその光景を見守っていた。捜査本部内が静まりかえった。

　まず刑事部長が言った。

「人質立てこもり事件を見事に解決したのみならず、諸君は警察に対する爆弾テロを未然に防いだ。その活躍をおおいに讃《たた》えようと思って駆けつけた」

　続いて、警視総監が言った。

「君たちは、警視庁を……、いや、日本の警察の威信を守ってくれた。その働きに、心から感謝する」

　警視総監が礼をすると、「敬礼」の号令がかかる。捜査員たちは、上体を十五度に折る敬礼をした。

　警視総監と刑事部長は、すぐに引きあげた。捜査本部内は、驚きの余波と感動に包まれていた。真夜中にもかかわらず、警視総監がわざわざねぎらいにきてくれたのだ。まだそばにいた田端課長がつぶやいた。

「総監の訓示なんて、正月以来だな」

　刑事部長だけでなく、警視総監までやってくるなんて、さすがに警視庁本部だと、高丸は思った。

　田端課長が吾妻に言った。

「わかるか？　部長や総監といった方々を、石ころが支えているんだぞ」

25

捜査本部が解散したのが、土曜日の午前一時頃のことだった。帰宅した高丸は、何かを考える暇もなく眠った。

土曜日は、高丸たち機捜235が第一当番なので、朝から出勤だった。蓄積した疲労が一晩で解消できるとは思っていなかったが、六時間ほどぐっすり眠って目覚めたときは、意外なほどすっきりとしていた。

分駐所に行くと、いつもと変わらない徳田班長の姿があった。縞長の顔にもそれほどの疲れは見られない。

昨夜までの捜査本部は、まるで夢だったかのような、妙な気分になった。

「おう。ようやく戻ってきてくれたか」

梅原がやってきて、高丸にそう声をかけた。彼ら機捜236が第二当番の夜勤だったのだ。

高丸たち第一当番に引き継ぎが行われる。申し送り事項を確認し終わると、梅原が言った。

「いやあ、おまえたちがいない間、きつかったよ」

徳田班長が言ったとおり、通常なら四交代のところを、二交代で勤務していたのだ。まったく休みがなかったはずだ。

高丸は言った。

「それ、自業自得だろう。徳田班長も、骨身に染みただろうって言ってた」

「それを言われると、何にも言えないんだけどな……」

「おまえたちが謹慎の間は、三交代で回してたんだ」

「それよりさ、捜査本部、どうだった？」

高丸はちらりと縞長の顔を見た。

縞長はもう、捜査本部と聞いても嫌な顔をしなくなっているようだった。

「たいへんだったよ」

高丸は言った。「本当に寝る暇もないんだ。自分でも、よくぶっ倒れなかったと思うよ」

「そんなことを聞きたいんじゃないよ」

梅原の隣で、若い井川も目を輝かせている。機捜は捜査一課への登竜門と言われている。

梅原も井川も、捜査一課への憧れを隠そうともしない。

機捜なら誰でもそうだろう。いや、シマさんは例外か……。高丸はそんなことを思いながら言った。

「特殊犯捜査係を中心に、いろいろな部署の人たちが、それこそ一丸となって捜査に当たった。あの迫力はなかなか味わえるもんじゃない」

梅原がうなずく。

「そうだろうな」

「その中でも、シマさんの活躍は際立っていた」

「え……」

梅原が言う。「そうなのか？」

「事件発覚の端緒が、シマさんだったからな」

「へえ……」

梅原と井川がまじまじと縞長を見る。縞長はすっかり困り果てた顔をしている。

「私のことはもういいよ……。さあ、早く密行に出よう」

高丸と縞長は駐車場に向かった。


見慣れた街の中を走行していると、ようやく日常が戻ってきたという実感があった。その日は、ありがたいことに、初動捜査の無線もなければ、縞長が指名手配犯を発見することもなかった。

嵐が去った翌日の穏やかな一日。まさに台風一過のようだと、高丸は思った。

だが、これが警察官の日常というわけではない。無線で事件を知り、駆けつける。張り込みに駆り出され、時には犯人を追走する。それが機動捜査隊の日常なのだ。

午後四時に渋谷分駐所に戻り、第二当番の機捜231と交代する。二交代で頑張った機捜236と232を休ませるために、シフトがイレギュラーになっている。

引き継ぎのときに、大久保実乃里が言った。

「シマさん、かっこよかったです。私もシマさんみたいになりたい」

縞長が言う。

「私みたいなジジイになりたいということかね？」

「そうじゃなくって、見当たり捜査ができるようになりたいんです」

ペア長の篠原が渋い顔をする。

「こいつ、すぐに影響を受けるんです」

縞長が言う。

「まあ私にできたことだから、大久保さんにもできると思いますよ」

大久保は大きく目を見開いて言う。

「どうすればいいんですか？」

「毎日、千人くらいの顔写真を見て、その特徴を覚えるんです」

「千人……」

「そうすれば、五百人くらいの顔は覚えられるようになります。それから街角や駅の人混みに立って実践だね」

大久保は溜め息をついた。

「簡単に言いますけど、それってたいへんなことですよね……」

「そうだね」

縞長がほほえんだ。「私も追い込まれなければ、とてもやる気にはならなかっただろうね」

大久保はしゃんと背を伸ばした。

「私、いつかは必ず挑戦してみます」


翌日は機捜235が第二当番だった。

第一当番の機捜232から引き継ぎ、夕刻の街に密行に出た。担当地域の渋谷区、目黒区、世田谷区を車で流した。

夜間のほうが事件が多いと思われがちだが、実はそうでもない。たしかに、夜間に警察官が対応する事態は少なくないのだが、たいていは地域課が担当する事案だ。

機捜が臨場するような事件は、昼も夜もそれほど差はないのだ。

一回りして、再び渋谷区内に戻ってきた。分駐所がある渋谷署の前を通り過ぎて、そのまま明治通りを進んだ。

原宿《はらじゆく》を過ぎ、さらに、北参道《きたさんどう》、千駄ヶ谷《せんだがや》を走行する。そろそろ方向転換して引き返さないとまずいなと、高丸が思ったとき、背後からサイレンを鳴らされた。

赤い光が見えた。パトカーだ。

「何だ？」

思わず高丸はつぶやいた。後方を見た縞長が言う。

「交機隊《こうきたい》じゃないな。赤色灯の下に台がある」

サイレンだけではなく、マイクで呼びかけられた。

「前の車の運転手さん。左に寄って停めてください」

とりあえず言うとおりにするしかなかった。こっちは公務中なのだから、文句を言ってやる。そう思って、高丸は待ち受けた。

やがて、パトカーが後ろに停車して、地域課の制服を着た警察官がやってきた。運転席の窓をノックされる。

窓を開けた高丸は、思わず「あっ」と言った。

制服姿の吾妻が言った。

「越境してる。ここは新宿区だぜ」

彼は、にっと笑った。

解説

円堂都司昭《えんどうとしあき》
（文芸評論家）

一見さえないおじさんなのに、実は秀でた能力を持っている。この小説に登場する縞長《しまなが》省一《しょういち》は、そのような人物だ。二〇二二年に刊行された『石礫《せきれき》　機捜235』の文庫化であり、『機捜235』（二〇一九年）で初登場した縞長が活躍するシリーズ第二弾である。

機捜、あるいは機捜隊と略される機動捜査隊とは、二人一組で車に乗り、担当エリア内を巡回するのが基本的な仕事だ。巡回中に不審者がいれば職務質問をかけ、無線で事件の報があれば現場へ急行する。だが、機捜の役割は初動捜査であり、所轄署の強行犯係や捜査一課の刑事などが到着すれば彼らに情報を伝達し、再び巡回に戻っていく。だから、その後の捜査にとり組む者からは「つまみ食い」と嫌味をいわれ、かといって現場に残ろうとしたら邪魔だといわれる。難儀な立場である。

自動車警ら隊、略称・自ら隊も同じく街を巡回しているが、彼らが地域部のいわゆるおまわりさんであるのに対し、機捜は刑事部だ。自ら隊のパトカーは交通整理などを行う際、目立つように赤色灯を高く掲げるため、その昇降装置の入った箱がルーフに見える。一方、機捜隊は覆面パトカーであり、いざという時に赤色灯をルーフに着ける。警察のなかでも部署ごとに役割が異なり、行動パターンや考え方に違いがあるのだ。それらのなかでも機捜は、犯罪をあつかった小説や映像作品のなかで巡回中に事件に遭遇する場面があったとしても、初動捜査しかしないのだから、早々に退場せざるをえない。彼らが真っ先に駆けつけたはずなのに、物語から端折《はしょ》られてしまうことも珍しくない。そんな存在を主役にすえた点に「機捜235」シリーズの面白さの一端があったといえる。

一冊目の『機捜235』では一人称、『石礫』では三人称という差はあるが、どちらでも視点人物となるのは、第二機動捜査隊の第三方面を担当する隊員で巡査部長の高丸卓也《たかまるたくや》だ。機捜は警視庁所属だが担当エリアごとに勤務地が違い、高丸は渋谷署の分駐所に詰めている。彼も含め機捜には、本庁捜査一課への異動を望むものが多い。高丸は、相棒が負傷したため、新たに着任した縞長と組むことになり、驚くとともに溜息をつく。白髪頭の縞長は、五十七歳で定年間近だったのだ。異動のためには手柄をあげたいが、こんな年齢のパートナーでは足を引っ張られるのではないか。二十歳以上年上の先輩に、巡回の運転手をさせるわけにもいかない。だが、最初は縞長の登場を面倒に思っていた高丸は、彼の能力を知るにつれ一目置くようになる。

ここで重要なのは、縞長は異動前は警視庁捜査共助課の見当たり捜査班に在籍していたという設定だ。何百人もの指名手配犯の特徴を記憶し、対象者が変装や整形をしていたとしても、人混みのなかで瞬時に見分ける。見当たり捜査班でそうした訓練を積んだ縞長は、機捜に配属されたことで能力が活かされるようになる。年上でも控えめな態度の縞長と、異動への欲もあって仕事に積極的な高丸は少しずつ打ち解け、やがていいコンビになっていく。

今野敏といえば、警察小説の代表的な作家である。「東京湾臨海署安積班」、「警視庁強行犯係・樋口顕」、「横浜みなとみらい署暴対係」、警察庁長官官房総務課長から降格人事で所轄署署長になった竜崎を主人公にした「隠蔽捜査」、窃盗犯をあつかう警視庁捜査三課の「萩尾警部補」、「ST　警視庁科学特捜班」、警察ドラマの撮影便宜を図る「警視庁FC（フィルム・コミッション）」など、警察の様々なセクションを舞台にしたシリーズを執筆してきた。なかには、警察学校で一緒だった三人が警視庁捜査一課と公安総務課に配属された「同期」シリーズのように刑事警察と公安警察の立場の相違を対比的にみせる作品もある。

機動力が求められる仕事にむいているとは思えないもう若くない男が、元見当たり捜査班として身に付けた能力を活かし、機捜の巡回で着々と成果をあげる。読者の興味を引くこの意外な活躍は、警察組織をよく知る作者ならではの発想だろう。

近年のミステリでは特殊設定が流行している、というか一般的なものになってきた。超能力や幽霊などの超常現象や、現在はまだないSF的なテクノロジーを用いた装置など、非日常的な特殊な要素を設定し、それを作中でルール化したうえで物語にすることが、謎解きを主眼とする本格ミステリで盛んに試みられているのだ。その意味では、常人には見分けられないものを判別できる縞長の能力も、特殊設定に匹敵するように思える。高丸などほかの警察官も主な指名手配犯の写真は見て顔を覚えているにしても、縞長の記憶する人数は尋常ではなく、対象者がいくら変装や整形などで見た目を変えても、一瞬目にしただけで気づいてしまう。そのスキルは秀でており、読者からしたら超能力に近い。だが、「機捜235」シリーズは、特殊設定ミステリとは、まるでテイストがべつなのだ。

特殊設定の本格ミステリの場合、超能力など、なんらかの普通ではない要素は、作中の世界ではとにかくそういうものなのだとして話が進む。あとは、その普通ではない要素も、謎解きのための一材料としてあつかわれる。だが、今野敏が書いているのは、警察小説だ。名探偵がいて、特殊な能力を謎解きの材料としてあつかうのではない。縞長の能力は、事件解決のために他の捜査員と協力する、その第一歩となるのだ。今野は、警察小説新人賞の第二回から選考委員に加わることが明らかになったタイミングのインタビューで、警察小説を書き始めた頃は「名探偵もの」（本格ミステリといいかえてもいいだろう）への異議申し立ての気持ちがあったとふり返っていた。

「名探偵の能力を引き立たせるために、出てくる刑事がバカだったりする小説が昔は非常に多かった。警察の中には問題がある人ももちろんいますが、私は有能で、志のある職人集団の姿を書きたかったんです」（「小説丸」ＳＰＥＣＩＡＬインタビュー。二〇二二年八月二十四日）

この考え方は、「機捜２３５」シリーズでも実践されている。縞長は見当たり捜査で優れた能力を持つものの、自らを刑事の落ちこぼれと称する。刑事になったのは四十過ぎで、実績をあげられず周囲からの評価が低いまま五十代になり、いよいよ居場所を追われそうになった。このため、警察での生き残りをかけて必死で身に付けたのが、見当たり捜査の技術だった。苦労してきたことから、彼は年下にも腰が低く、人の前に出たがらない。縞長の能力を知ってからの高丸は、それをじれったく思い、縞長を落ちこぼれのままだと見くびる刑事などに出くわすと反発する。最初は定年間際の相棒をうとましく感じた高丸が、逆に縞長の理解者となり、彼の行動を後押ししたり、縞長にうながされてバックアップしたりと協力関係を深める。

縞長が、姿形を変えた容疑者を群衆のなかから見分けたからといって、一件落着ではない。それだけでは彼個人の思い込みかもしれないし、容疑者本人かどうかを確かめなければならない。職務質問をする、身柄を確保するなどの段取りが必要だし、対象者を逃がさないためには退路を断つことを考えなければいけない。縞長と高丸の連携が必要になる。また、容疑者が単純な単独犯ではなく、ほかの人物もかかわっている事件なら、警察のほかの部署に情報を伝達し、さらなる捜査へとつなげていかなければいけない。

ここでポイントとなるのは、機捜の隊員は殺人事件などの捜査本部に招集されることがあるにせよ、基本的には初動捜査が職務であることだ。「つまみ食い」と皮肉を浴びせられる彼らは、事件に長くかかわることは少ない。とはいえ、このシリーズで縞長は、なにか気になることを見つけ、初動捜査の域を越えた捜査をすることもしばしばある。警察小説には、組織の論理からはずれた一匹狼の刑事という一つの人気のスタイルがあるものの、「志のある職人集団の姿」を描こうとする今野は、「機捜235」シリーズで一匹狼スタイルはとっていない。初動捜査以上の捜査をするにしても、縞長は暴走しない。関係する部署に話を伝え捜査体制が整う方向に持っていくなど、根回しも意識している。彼は容疑者の細かな情報を記憶し顔を見分ける一方、警察組織全体を俯瞰《ふかん》している。それが、強みだろう。

シリーズ一冊目の『機捜235』は、短編集だった。文庫版では計三百四頁で九つの物語が収められている。短編のなかでも短い部類の話が並んでいるのは、初動捜査を職分とする部署が題材なのだから当然といえる。ところが、二冊目のこの『石礫　機捜235』

は、長編小説なのだ。縞長と高丸の日常ともいえる巡回の様子が冒頭で描かれると、やがて彼らは同僚の拳銃紛失を知る。だが、それが直接大事件につながるのではない。例によって縞長がある人物を発見したのを皮切りに、それが立てこもり事件へ、テロ事件へと思わぬ方向に発展していく。縞長と高丸は自分たちの意志だけでなく、上司からの要請があって予想外に捜査にかかわり続ける。だから長編になるわけで、この展開が面白い。

出来事や事件の性格が変わっていくにつれて警察の対応も変わり、特殊犯捜査第一係、公安第一課、公安機動捜査隊など関係する部署がどんどん増え、大ごとになっていく。したがって、階級が上の人間が出てくる。なかには機捜を見下す者がいる。部署同士の意識の違いがある。下々の立場から、いくつも階級が上の人間に直接物申すことなどできない。そうしたなかで、機捜や自ら隊といった普段は街を巡回している一介の捜査員たちも、捜査本部に組みこまれる。自分の落ちこぼれ時代を知る相手に再会した縞長が、萎縮する場面もある。その一方で、能力を活かした縞長の発見によって機捜が局面を動かす重要な役割を担ったゆえに、捜査一課長のような雲の上の存在と話す機会も訪れる。この点について今野は、本作に関するインタビューで「これは種明かしをすると、お侍さんが大目付《おおめつけ》や老中《ろうじゅう》に会う、という時代劇があるじゃないですか。そのパターンなんですよ」（「小説宝石」二〇二二年六月号）とエンタテインメントの伝統を踏襲したことを語っている。

本作では、「石礫」、つまり石ころのように軽視されがちな機捜や自ら隊の捜査員が、自発的に行動し、周囲が思う以上の働きをする。組織内部の対立や意識の齟齬《そご》に触れつつも、物語の総体としては「志のある職人集団」として連携プレーで事件に対処する警察を描き、かっこいいと感じさせる。読後感は、清々しい。

初出　小説宝石二〇二一年三月号〜二〇二二年三月号
二〇二二年五月　光文社刊

光文社文庫

石礫《せきれき》　機捜《きそう》235
著　者　今《こん》　野《の》　敏《びん》

2024年11月20日　初版1刷発行

発行者　三宅貴久
印　刷　新藤慶昌堂
製　本　ナショナル製本

発行所　株式会社　光　文　社
〒112-8011　東京都文京区音羽1-16-6
電話　(03)5395-8147　編　集　部
8116　書籍販売部
8125　制　作　部

ISBN978-4-334-10503-7　Printed in Japan

組版　萩原印刷